삶이 이토록
가벼울 줄이야!

삶이 이토록 가벼울 줄이야!

초판 1쇄 인쇄 2023년 7월 14일
초판 1쇄 발행 2023년 7월 18일

지은이 | 신민정
펴낸이 | 임종관
펴낸곳 | 미래북
편   집 | 정윤아
본문 디자인 | 디자인 [연:우]
등록 | 제 302-2003-000026호
주소 | 경기도 고양시 덕양구 삼원로73 고양원흥 한일 윈스타 1405호
전화 031)964-1227(대) | 팩스 031)964-1228
이메일 miraebook@hotmail.com

ISBN 979-11-92073-35-4   (03800)

값은 표지 뒷면에 표기되어 있습니다.
잘못된 책은 구입하신 서점에서 바꾸어 드립니다.

삶이
이토록
가벼울 줄이야!

신민정 지음

미래북
miraebook

애쓰지 않고 힘 빼고 살았더니

"너는 사는 게 참 쉬워 보여."

"될 사람은 된다더니 너를 보면 그렇단 말이야."

주변에서 요즘 나를 보고 하는 말이다. 인생의 꽃길만 걷고 싶은 사람은 있어도 꽃길만 걷는 사람은 없다. 내가 원래부터 그러했을까. 천만의 말씀이다. 불과 5년 전만 해도 꿈과 희망에 가득 차서 사업에 도전했다가 중도 하차하게 되었고, 함께 의기투합했던 이들과 쓰라린 이별을 맞이했다. 과중한 업무와 틀어진 인간관계 속에서 몸도 마음도 망가져 갔다. 오랫동안 염원하던 꿈과 목표를 상실한 아픔과 소중한 이들을 잃은 슬픔이 너무나 컸다. 육체적 질병만을 남긴 채 상처로 얼룩진 나 자신을 어떻게 다스려야 할지 무척이나 혼란스러웠다.

이 고통스러운 현실 속에서 벗어나고 싶었다. 나를 지켜낼 수 있는 무언가가 필요했다. 바닥까지 소진된 몸과 마음을 일으켜 세우기 위해 선택한 절에서 외부와 단절한 채 100일 동안의 시간을 보냈다. 그 당시 온전히 나에게 집중하며 질문하고 답하는 시간을 가졌다. 그러면서 '나'에 대한 이해의 폭을 넓히고 지금 이대로의 나를 사랑할 수 있었다. 그리고 '지금 여기에서의 행복'을 배웠다. 그때의 배움을 바탕으로 『서른세 살 직장인, 회사 대신 절에 갔습니다』라는 책을 썼다. 절에서 나온 이후에도 이것을 잊지 않기 위해, 내게 주어진 행복을 잘 가꿔 나가기 위해 '마음 관리', 내 마음 돌봄을 1순위에 두며 나의 감정과 생각을 관리했다.

그러던 중 그 누구도 예상치 못한 전 세계적인 변화가 찾아왔다. 바로 코로나19 바이러스. 갑작스러운 혼돈과 혼란 속에서 많은 이들이 큰 변화를 맞이해야만 했다. 평범한 일상을 잃게 되면서 달라진 삶의 패턴에 완전히 새롭게 적응해야 했고 많은 사람들이 힘들어하고 지치기도 했다. 하지만 코로나 덕분에 얻은 것도 있었다. 사람과의 만남 제한, 공간의 제약, 세상의 멈춤을 경험하는 동안 내 마음, 내면에 집중하는 시간이 많아진 것이다. 그래서 나와 오롯이 마주했던 시간 동안 나는 더 단단해지면서 크게 흔들리지 않고 이 시기를 자연스럽게 받아들일 수 있었다.

불확실성 속에서도 불안해하지 않고 내게 주어진 현실 속에서 내가 할 수 있는 일들을 묵묵히 해 나갔다. 그러자 생각지도 못한 결과와 꿈같은 일들이 일어났다.

1. 1/2로 줄어든 업무 시간
2. 2배 높아진 수입
3. 오랜 소망이던 해외에서의 책 출간

4. 신문과 잡지에 칼럼을 연재하는 칼럼니스트로서의 삶

5. 평소 좋아했던 유명 방송인과의 만남

　예전처럼 애쓰면서 살고 싶지 않아서 힘을 빼고 가볍게 살았는데 오히려 더 많은 기회와 새로운 경험들이 찾아왔다. 그래서 내가 삶을 이해하고 받아들이는 방법, 생각과 감정을 관리하고 돌보는 법,

삶을 편하게 마주하고 어려움을 가볍게 넘기는 나만의 마음습관을 나누고자 이 글을 썼다.

똑같은 상황을 어떠한 시선으로 바라보느냐에 따라 고통이 될 수도 있고 다행으로 여길 수도 있다. 절망으로 받아들일 것인지, 그곳에서 희망을 찾을 것인지에 따라 삶의 색채가 달라진다. 항상 밝음과 어둠이 공존하는 세상에서 나는 어느 곳을 바라볼 것인가에 대한 나의 시선과 관점에 대한 이야기다. '나는 이러한 생각들을 하며 살아가요' 하는 일종의 자기 고백이자 '당신은 어떤가요?' 하고 질문을 던지는 책. 내 생각을 전하는 동시에 독자에게 물으며 스스로의 답을 완성하는 책. 그래서 이 책은 저자와 독자가 함께 완결해가는 책이다.

다들 바쁘고 치열하게 살아가는, 힘들고 지친 이 시대에 여유를 가지고 가볍게 살아가는 법은 다른 특별한 데 있는 것이 아닌 관점 전

환, 즉 한 생각을 바꾸는 것이다. 그러면 때때로 삶이 나를 시험에
들게 해도 슬프지만 괴롭지 않을 수 있다. 아프지만 웃을 수 있다.
이것이 삶을 가볍게 살아가는 작지만 중요한 내 삶의 팁이다. 미약
하나마 당신의 삶이 가벼워지는 데 이 책이 도움이 될 수 있기를….

CONTENTS

PART 3
온통 내 마음에
들지 않는 사람들
뿐이라도

힘을 빼고 평온한 감정에 머무를 때, 현재 내 위치에서 할 수 있는 일을
자연스럽게 해낼 때 그 일이 수월하게 진행되고 도움의 손길이
활짝 열린다는 걸 알게 됩니다.

PART 1

원치 않는
상황과 불안한
현실 속에서도

당신을 축복합니다

지금 내 앞에 나타난 인연을 축복해 보세요.

오늘 나는 얼마나 많은 복을 쌓았나요?

새해가 되면 으레 가장 먼저 하는 말이 있다.

"새해 복 많이 받으세요!"

누구나 새해를 맞이하면 올해는 나에게 더 좋은 일이 생겼으면 좋겠고, 더 많은 행운이 따르길 바란다. 작년에 유독 힘들었던 사람이라면 순조로운 한 해를 보낼 수 있기를 염원하는 것은 당연지사다. 반면에 웃을 일이 많았던 사람이라도 그 복이 오래 지속되기를 소망한다. 그래서 나의 운세가 궁금하고 내 미래를 알고 싶은 마음에 새해 벽두부터 철학관이나 점집을 찾는 이들로 문전성시를 이룬다.

모두가 많은 복을 받기를 바라는데 사실 많은 복을 받으려면 내 운이 어떠한가를 따지기보다 내가 먼저 복을 지으면 되는 게 아닌가. 뿌린 대로 거두는 법이니 올해 내 운세가 얼마나 좋을지를 다른 사람에게 물어보기보다는 내가 그 운을 만들어 가는 것이 좋지 않을까 싶다. 괜한 걸음으로 원치 않은 말을 듣고 돈까지 쓰고서 마음마저 상하면 얼마나 속상할까. 그래서 돈도 들지 않고 전혀 어렵지 않은 방법으로 내 복을 스스로 만드는 법을 하나 소개하고자 한다.

내가 평소에 자주 사용하는 방법인데 오늘 만난 인연들을 진심으로 축복하는 것이다. 길을 걷다가, 전철에서 혹은 차를 운전하면서도 우리는 수많은 사람들을 만나게 된다. 마주 오는 그 사람을 향해 또는 눈을 마주친 그를 향해 마음속 깊이 인사를 전하는 것이다.

'내 삶에 나타나주셔서 감사합니다. 건강하세요. 행복하세요!'

불교에서는 전생에 쌓은 500겁의 인연으로 옷깃을 스칠 수 있다고 했다. 옷깃을 스치지는 않았지만 내 삶에 나타나준 것만으로도 소중한 인연임에는 틀림없다. 80억 인구 가운데 한 나라, 한 지역, 단 한 번뿐인 '오늘'이라는 내 삶의 한 장면에 등장했다는 것은 실로 대단한 인연이다. 나와 어떠한 연결이 없었다면 과연 내 삶에 나타날 수 있었을까. 그래서 내 삶을 다채롭게 채워준 그 귀한 인연에 감사해하며 그분이 행복하기를 진심으로 바라는 것이다. 당신의 오늘이 편안하기를, 아름답기를 응원하면서….

그렇게 내가 먼저 감사 인사를 전하고 상대의 행복을 빌면 되레 내 마음이 따뜻해지고 행복해진다. 나는 작은 마음을 보내었을 뿐인데 그 마음 하나하나가 모아져 내게 더 큰 기쁨과 꽉 찬 행복을 가져다주었다. 이같이 기분 좋게 시작한 하루는 기꺼이 즐거운 마음으로 일을 신나게 행할 수 있다. 그리고 그 좋은 기운을 가슴에 담아 만나는 사람들에게 조금 더 너그러운 마음으로 상대를 품을 수 있었다. 행복의 선순환이랄까. 그래서인지 내가 상대를 축복하고 감사해하는 만큼 나에게도 뜻밖의 행운과 행복이 덩달아 찾아오는 듯했다. 가령, 생각지도 못한 곳에서 돈이 생긴다거나 또 다른 누군가의 친절과 배려로 뭉클한 감동을 받게 되었다. 다만, 미운 사람 앞에서는 그게 쉽지만은 않은데 그럴 때 드는 생각.

'일생에 단 한 번 내 곁을 스쳐간 사람, 짧은 시간 동안 나와 눈을 맞추거나 대화를 나눈 이들도 소중한 인연으로 내 인생에 나타났는데 미운 저 사람과 나는 얼마나 큰 인연으로 맺어진 사이기에 이렇게 매일 보는 사이가 되었을까?'

그렇게 생각하면 피식 웃음이 나면서 미움이 다소 누그러진다. 그리고 다시 한번 생각한다. 모든 존재는 축복이라는 것을. 그의 행동이나 모습과는 별개로 존재 자체는 축복이자 선물이다. 그래서 함부로 상대를 평가해서는 안 되고, 그럴 수도 없다는 생각에 이른다. 내 마음에는 들지 않았을지언정 다른 누군가에게는 대단히 멋지고 훌륭한 사람일 수 있는 거니까.

이러한 습관은 새로운 사람을 만났을 때에도, 반갑지 않은 누군가를 마주할 때에도 무엇보다 내 마음이 편하고 나를 웃음 짓게 만들었다. 그래서 새해에 복을 한가득 받고 싶은 사람이라면 하루에 만나는 수많은 사람을 축복하며 많은 복을 쌓고 그 복을 잔뜩 받아 가시라 전하고 싶다. 그러한 마음은 써도 써도 줄지 않고, 오히려 내 행복은 두 배 세 배 커져 갈 테니. 내가 상대를 향해 비추는 밝은 빛이 내 마음을, 내 세상을 밝혀줄 테니. 그리하여 모두에게 복이 흘러넘치는 한 해가 되시기를!

내면의 평화,
내면의 기쁨이 먼저다

내가 원하는 바를 위해 나아가는 지금,
당신의 마음은 어떤가요?

절에서 지내면서, 그리고 절에서 나온 이후로 지금까지 내가 가슴 깊이 느끼고 있는 것은 나의 내면의 감정과 느낌이 외부 현실에 반영된다는 것이었다. 예전부터 수많은 책을 통해 익히 들어왔지만 마음공부를 하며 이를 절실히 깨닫는 중이다.

누구나 자신이 원하는 현실을 맞이하고 싶어 한다. 나는 이만큼의 돈이 있었으면 좋겠고, 이런 위치에 있었으면 하고, 이 정도의 권력이나 명예를 누리고 싶어 한다. 원하는 것을 이루기 위해 진실된 노력이 대단히 중요한 요인인 것은 분명하다. 하지만 얼마나 열심히 일하는가, 얼마나 많은 시간을 투자하느냐보다는 그것을 하는 동안에 내 마음 상태가 어떠한지, 나의 감정과 느낌을 관리하는 것이 더 중요하다는 것을 실감하게 되었다.

그동안 내가 바라는 이상을 충족하기 위해 얼마나 많은 목표와 계획을 세웠던가. 그중에서 달성한 것들도 많이 있고, 그만큼 이루지 못한 것도 많다. 돌이켜보건대, 내가 할 수 있는 모든 노력을 쏟아부어도 마음이 조급하거나 불안하고, 두려움에 휩싸일 때는 아무리 용을 써도 안 되었다. 그런데 마음을 편안하게 먹고 내면이 평화로울 땐 원하던 일을 이루기가 조금 더 쉬웠다. 오히려 내가 예상했던 기대보다 더 큰 결과를 이뤄내기도 했다. 그래서 힘을 빼고 편안하고 평온한 감정에 머무를 때, 현재 내 위치에서 내가 할 수 있는 일을 자연스럽게 해낼 때 그 일이 수월하게 진행되고 도움의 손길이 활짝 열려있다는 것을 알게 되었다. 그러한 마음으로 무언가에 집중할 때 힘은 덜 들이고 이룰 수 있는 확률은 높아지는 법이다.

이것을 가슴 깊이 절감하게 되면서 원하는 것을 가지되 집착하지 않을 수 있었다. 원하는 것이 있으면 얼마든지 원하되 그것이 이루어지지 않아도 그저 감사히 받아들였다. 원하는 것이 이루어지지 않음으로 인해서 생기는 무수한 인연들과 상황 모두 궁극적으로는 나를 위한 것임을 알게 되었으니까.

반면, 원치 않는 일이 일어나도 억울해하거나 거부하지 않는다. 그역시 나를 일깨우기 위해 나에게 온 소중한 배움이라 여긴다. 기꺼이 받아들이고 다만 그것을 잘 극복하려 최선을 다할 뿐이다. 오랜 시간이 흘러 그때를 돌아보면 종종 힘든 시련이 찾아왔지만 결국 나를 해롭게 하는 것은 없었다. 그것 때문에 괴롭고 힘들었던 시간보다 그것 덕분에 성장하고 성숙해 감에 따라 감사한 시간들이 훨씬 더 많았기 때문이다.

나에게 온 모든 것이 결국 나를 위한 감사한 나의 인연이었다. 이제는 그것을 알기에 모든 것을 편안하게, 담담하게 받아들이고 수용할 줄 안다. 내가 원하는 즐겁고 기쁜 일도, 예상치 못한 슬프고 괴로운 일들까지도….

그래서 외부의 상황이나 내가 어찌할 수 없는 것에 휘둘리기보다 나의 내면이 평화로울 수 있게, 나의 감정이 온화하고 편안하게 머무를 수 있는 그 상태를 지키는 것에 관심을 가질 뿐이다. 그것이 가장 나답게, 내가 원하는 것들을 창조해 가는 길이니까….

◆　◆　◆

내면을 먼저 살펴보세요.
내면의 마음이 외부 현실을 만듭니다.

자책과 반성은 다르다

나는 자책을 하고 있습니까?
반성을 하고 있습니까?

살다 보면 크고 작은 실수들을 하기 마련이다. 따뜻한 아침밥을 정성스레 차린 엄마의 성의를 가볍게 뒤로한 채 바쁘다고 쌩하니 나가버리는 실수를 저지르고, 업무상 의사소통의 착오로 전체적인 계획을 완전히 수정해야 하는 일이 생기기도 한다. 때론 의도치 않은 말 한마디에 상대방의 심경을 건드려 관계가 틀어지기도 한다.

주의를 기울이고 꼼꼼히 살펴야 하겠지만 신중히 한다고 해서 실수를 전혀 하지 않을 방도는 없다. 사실 실수를 하는 것이 문제가 아니라 그러한 실수를 저지른 나를 어떻게 대하느냐가 훨씬 중요하다.

최근 과거의 경력과는 무관하게 전혀 새로운 일을 시작한 친구가 있다. 그런데 함께 일하는 동료들보다 나이가 많고 배우는 속도가 조금 더디다 보니 더욱 긴장하게 되고 진땀을 흘리나 보다.

"어제 분명히 들었는데 그걸 놓치고 말았어. 난 왜 이것도 못할까?"

"오전까지 A 업무를 먼저 끝내달라고 했는데 깜빡했지 뭐야. 바보같이…."

낯선 업무를 시작하게 되면 누구나 긴장을 하고 실수할 수 있다. 실수한 것 자체가 잘못은 아니다. 해보지 않았던 것을 경험하는 건데 처음에는 어렵고 서툰 것이 자연스러운 일이니까. 그 자연스러운 일을 두고 나 자신을 들들 볶고 괴롭힐 필요가 있을까. 마땅히 그럴 수 있다고, 이제는 꼭 기억할 수 있게 다시 한번 머릿속에 새겨 넣으면 된다. 그렇기 때문에 이것을 잘못이라 여기기보다 좋은 기회가 주어진 것으로 보는 것이 어떨까? 제대로 배우고 익힐 수 있는 기회를 한 번 더 얻는 것이자 미래의 실수를 예방하는 소중한 기회! 다만 앞으로는 똑같은 실수를 반복하지 않으면 된다. 그래서 이 시기에는 실수를 한 나에게 어느 때보다 관대함이 필요한 때이다. 토닥토닥, 쓰담쓰담은 바로 이럴 때 아낌없이 하는 것이다. 그런데 다른 사람의 실수와 잘못에는 그렇게 너그러운 그녀가 그녀 자신에게는 왜 이리도 어려운 걸까. 풀이 죽어있는 그녀에게 말했다. "자책은 하지 말고 반성은 하라."고.

자책은 자신의 잘못이나 실수를 나무라고 꾸짖는 것이다. 안 그래도 일을 그르쳐 주눅이 든 자신을 탈탈 털어 미약하게나마 붙들고 있던 자신의 기를 사정없이 죽인다. 그래서 실수를 할 때마다 자신을 책망해서는 안 된다. 책망은 발전은커녕 자존감만 떨어뜨릴 뿐이다.

그에 반해 반성은 말 그대로 돌이켜서 살펴보는 것이다. '이러한 부분을 챙겼어야 하는데', '이것을 조심했어야 하는데.' 하면서 나의 빈틈을 살피고 메우는 것이다. 그때가 돌아오면 다시 한번 잘해 보겠다고 스스로를 다독이고 나에게 다시 기회를 주는 것이다. 그러면서 잘 해내겠다는 힘찬 다짐과 새로운 힘을 부여한다.

자책은 가는 걸음을 멈춰 세우고 도전을 가로막는 걸림돌이 되지만 반성은 앞날에 든든한 디딤돌이 되어준다. 자책은 가지고 있던 가냘픈 용기마저 빼앗아 버리지만 반성은 앞으로 한 걸음 더 나아가게 하는 성장의 기반이 된다.

그래서 가끔 실수도 하고 부족한 게 많은 나이지만 그렇다고 해서 자책은 하지 않는다. 다만 반성할 뿐이다.

◆　　◆　　◆

자책은 말고 반성은 필요해요. 다시 한번 나에게 기회를 주세요.
다음엔 잘하면 된다고 스스로 용기를 북돋워주세요.

'없음'보다 '있음' 발견하기

코로나19로 인해 무엇을 잃었나요? 반대로 새롭게
얻게 된 것들은 무엇이 있을까요? (취미, 공부, 경제활동, 관계 등)

코로나19가 발생한 지 얼마 되지 않았을 때만 해도 이렇게까지 일상에 큰 변화가 찾아올 거란 걸 그 누구도 예상 못했다. 확진자 수가 폭발적으로 증가하더니 코로나19에 대한 대응 수준이 날이 갈수록 심화되었다.

전국의 유치원과 모든 학교의 등교 수업이 중단되었고 직장에서도 재택근무로 전환하는 곳이 많았다. 대규모 행사나 해외여행은 사실상 금지되고 매주 진행되던 종교 시설의 예배나 미사, 법회조차도 비대면으로 진행해야 했다. 많은 이들의 축복을 받으며 진행되어야 할 결혼식과 수많은 이의 애도와 위로 속에서 치러졌던 장례식에는 친족의 참석만을 허용하던 때도 있었다.

예전처럼 쉽게 누군가를 만나거나 자유롭게 다닐 수 있는 상황이 아니었다. 많은 제약이 생기고 제한되는 것들이 커지면서 많은 사람들이 지치고 힘들어했다. 이 상황에서 내가 어찌할 수 있는 게 없다는 무력감을 느끼는 사람도 많았다. 한 번도 경험해보지 못한 눈앞의 현실과 상황만을 바라보자면 부정적으로 인식하고 낙담하기 쉽다. 그래서 나는 상황에 주목하는 것이 아니라 내가 지금 할 수 있는 일에 주목하기 시작했다. 밖에서의 활동이 제한된다면 집 안에서 내가 할 수 있는 것들에 관심을 갖게 되었다. 밖에 나갈 수 '없음'보다 집에 '있음'으로써 할 수 있는 것들을 찾게 되었다. 여행을 갈 수 '없음'보다 내 방에서 할 수 '있는' 것들에 눈을 돌리게 되었다.

스위트 바질을 키우면서 식물을 돌보는 재미를 알아갔다. 싹이 얼마나 자랐는지 아침마다 관찰하고, 하루가 다르게 자라나는 잎들이 풍성해져 가는 모습을 보며 새로운 기쁨을 얻었다. 관심은 있었지만 늘 후순위로 밀려나 있던 타로카드를 구입해 카드의 의미를 하나하나 알아가는 시간이 즐거웠다. 그리고 굳이 레스토랑에 가지 않더라도 집에서 손쉽게 할 수 있는 요리에 관심을 갖게 되었다. 새로운 요리에 도전하고 시도하면서 맛은 물론 할 수 있는 요리의 수도 늘어갔다.

그뿐만이 아니다. 집에 있는 시간이 자연적으로 길어지면서 그 덕분에 내 마음을 들여다보는 시간이 많아졌다. 명상을 하고 오늘의 하루를 돌이켜보며 나의 감정들을 마주하다 보니 편안한 마음으로 건강하게 보내는 시간들이 늘어났다. 평소보다 책에도 손이 많이 가고 여러 분야의 책들을 더 많이 읽어볼 수 있었다.

가만히 보니 할 수 없는 것보다 할 수 있는 것들이 많다는 걸 알게 되었다. 코로나 이전보다 오히려 새롭게 흥미를 가지고 배우게 되는 것들이 많아졌고, 관심사가 훨씬 넓어졌다고나 할까. 좋아하는 여행을 하지 못하고, 친구들을 자주 보지 못한 속상함보다는 그

들에 대한 애틋함과 그리움이 깊어져 갔다. 평범해 보이기만 했던 일상의 소중함도 알게 되었고, 얼굴을 직접 맞대고 만난다는 것이 얼마나 큰 행복인지도 알게 되었다. 당연함으로 인식하던 것들을 당연한 것으로 여기지 않는 마음을 배우고, 지금 내게 주어진 것에 감사하는 마음이 더 커져만 갔다.

코로나19로 인해 많은 어려움과 불편함은 생겼지만 '없음'보다 '있음'을 발견한 시간이다. 외부로 향하던 시선이 나에게 집중되면서 얻게 된 것들이 많다. 이 시간 덕분에 나는 나와 더 친해질 수 있었고, 새로운 배움과 기쁨들이 찾아왔다.

◆　◆　◆

어떠한 상황에서도 '선택'할 수 있는 권리는
언제나 나에게 있습니다.
무엇을 선택하고 어떻게 활용하느냐에 따라
삶의 행복이 달라집니다.

나쁜 감정이란 없다

지금 무엇 때문에 괴로운가요? 솔직하게 써 내려가 보세요.

그것은 사실인가요?

나의 해석으로 빚어낸 고통이 아닐까요?

....

....

....

"사람 자체를 만나는 게 싫어지더라고. 피곤하고 지긋지긋해서."

그동안 연락이 뜸했다. 안 본 사이 많이 수척해진 그녀를 보고서 적잖이 놀랐다. 두어 달에 한 번 정도는 만날 만큼 자주 보던 사이 인데 이번에는 다시 보기까지의 기간이 한참이나 길었다. 연락의 빈도가 줄어드는 동안 많이 바빠서 그런 거라고 가볍게 생각했다. 무슨 일이 있었냐는 질문에 그녀가 내뱉은 첫마디를 듣고서 많이 지쳐있음을 알 수 있었다. 평소 힘든 일이 있어도 잘 내색하지 않는 친구가 그렇게까지 표현하는 것으로 봐서 오랫동안 많이 힘들었을 거란 걸 쉽게 짐작이 가능했다. 한동안은 어느 누구와도 만나고 싶 지도, 아무런 말도 하고 싶지 않았다고 했다.

"처음엔 그 사람이 싫어서 사람이 싫었는데 누군가를 계속 욕하고 비난하고 있는 내 모습이 너무 보기 싫더라. 그러고 있는 내가 더 미 웠어."

"누군가가 미울 수 있지. 화가 날 수도 있고 욕하고 싶을 수도 있 어. 그러면 안 돼? 그게 잘못된 거야?"

내 말에 친구는 조금 놀란 듯했다. 내가 무슨 말을 하려는지 소리 없이 주시했고, 나는 계속 말을 이어갔다.

"감정에는 옳고 그름이 없어. 감정의 주인은 나잖아. 내가 그렇게 느꼈다면 느낀 그대로 받아주면 되는 거야. 미움도 분노도 다 받아줘. 내 마음을 내가 알아주고 인정해주면 어떨까?"

어떤 감정을 느끼더라도 나쁜 감정이란 없다. 부정적인 감정을 나쁘다고, 잘못되었다고 규정지어 놓은 하나의 관념이 있을 뿐. 마음이 여리고 착한 사람들은 타인을 욕하는 자신을 나쁜 사람이라 간주하고 죄책감을 느낀다. 남을 미워하는 자신을 원망하고 심지어 자기 탓을 한다. 그러한 내 모습이 실망스러운 나머지 자신의 감정을 억압한다. 하지만 억누른다고 해서 감정이 사라지는 것이 아니다. 해소되지 못한 감정은 결국엔 터져버리는 법이다.

그러니 감정에 대한 판단을 내려놓고 내 감정을 있는 그대로 봐주고 인정해주는 것이 먼저다. '그러한 감정이 들 정도로 내가 많이 힘들었구나. 내가 많이 속상했구나.' 하고 보듬어주는 것이다. 그렇게 나의 감정과 솔직하게 마주하고 내가 먼저 나의 감정에 공감해줄 때 상처를 남기지 않는다. 이른바 '상처 없는 자기 치유'의 시작이랄까.

나의 감정을 인정해주면 이내 안정을 찾게 된다. 그때 차분히 살펴보면 된다. 내가 왜 그런 감정을 느끼게 되었는지, 어떤 생각을 가지고 있는지를…. 섬세하게 들여다보면 대부분의 상처와 고통은 타인이나 외부 환경 때문이 아니라 자신의 '생각' 때문임을 알아차릴 수 있다.

그러기 위해서 나의 감정을 글로 적어보는 것만큼 좋은 게 없다. 객관적으로 상황을 들여다볼 수 있으니까. 나의 괴로움이 과연 '사실'인지 나의 생각으로 해석된 '가짜 진실'인지를 구별할 수 있다. 친구에게 지금의 감정들을 숨김없이 써 보기를 권했다. 잠시 후 그렇게 써 놓은 감정들을 그녀와 함께 살펴보았다.

식음료 서비스업에 종사하고 있는 친구는 몇 달째 하루가 멀다 하고 매장에 오는 중년 여성 고객에게 큰 스트레스를 받고 있었다. 커피를 주문하면서 싱겁다느니 온도가 맞지 않다느니 하며 컴플레인을 걸기 일쑤였다. 그래서 다시 준비해주면 한참 동안 구시렁거리는 소리를 들어야 했다. 내가 만만해서, 나를 무시하기 때문에 저럴 수 있는 거라며 몹시 불쾌하고 비참했다고.

그런데 여기서 알 수 있었다. 친구가 남을 미워하는 것도 모자라 자신까지 미워하게 될 만큼 자신을 괴롭혔던 고통의 이유를. '내가 만만해서, 나를 무시하기 때문'이라는 생각에서 비롯된 친구만의 해석이자 착각 때문이라는 것을. 정작 그 여성은 아무런 의도가 없었을지 모른다. 친구를 특별히 만만하게 보아서가 아니라 그녀의 말투 습관이 다소 투박했을 뿐이고, 친구에게 악의를 품어서가 아니라 요즘 일이 잘 안 풀리거나 상황이 좋지 않아서 예민하게 행동했던 것일 수도….

만난 지 세 시간 만에 어둡게 굳어있던 얼굴에서 허탈하게 웃음 짓는 친구의 표정을 보았다. 이렇게 한 생각에서 깨어나면 단숨에 괴로움이 사라지는 마법을 또 한번 경험했다고나 할까.

앞으로도 그녀가 자신의 감정을 전적으로 존중해주기를 바라는 마음이다. 다만, 내 감정을 존중한다고 해서 그 이후의 행동까지 모두 옳은 것은 아니라는 것. 그에 대한 반응과 행동에 대한 책임은 나에게 있다는 걸 기억하길 바란다. 감정이 지나간 자리에 대한 결과 또한 내가 받아들여야 할 몫이라는 걸.

먼저 나의 감정을 인정해주세요.
그리고 차분히 살펴보세요.
나의 괴로움은 타인이나 환경이 만든 게 아니라
나의 '생각' 때문일 수 있습니다.

내맡길수록 삶은
평화로운 선물이 된다

내 계획대로 꼭 이루어져야 한다고 생각하는 건 아닌가요?

내가 원하는 대로 이루어져야만 행복할까요?

이루어진다고 해서 반드시 행복할까요?

....

....

....

....

최근 나에게 두 가지 기쁜 소식이 찾아왔다. 하나는 결혼한 지 5년이 넘은 친구의 임신 소식이었다.

"민정아, 나 임신했어! 네 말이 큰 도움이 됐어. 고마워!"

"정말? 나 이제 예쁜 조카가 생기는 거네. 진심으로 축하해!"

병원에서는 아무런 문제가 없다고 했는데 좀처럼 아이가 생기지 않아 오랫동안 애를 태웠던 친구의 마음을 알고 있기에 그 소식을 듣자마자 눈물이 핑 돌았다.

또 하나는 다른 친구의 취업 소식이었다.

"나 회사에 취직했어! 생각지도 못한 곳에서 연락 온 거 있지? 네 덕분이야. 고마워!"

"잘됐다. 거봐. 걱정 말랬잖아. 축하해, 친구야!"

코로나로 인해 회사의 사정이 좋지 않아 갑작스럽게 일을 그만두게 되었는데 다시금 새로운 직장을 구했다는 반가운 소식이었다. 사실 고맙다는 인사를 받을 만큼 그들에게 특별하고 거창한 무언가를 해준 게 없다. 누구나 알지만, 결코 쉽지 않은 그것. 바로 '내맡김'에 대해 상기시켜줬을 뿐이다.

살다 보면 인생이 내 마음처럼, 계획처럼 흘러가지 않는 경우를 수없이 만난다. 일정한 시기가 오면 생각해 놓았던 것들이 마땅히 이루어져 있고, 목표를 세우면 내가 원하던 결과를 떡하니 얻게 되면 좋겠지만 그렇지 못한 경우가 비일비재하다. 그러기에 목표와 계획을 세우고 그것을 이루기 위해 최선을 다하는 것은 나의 몫이지만, 그것의 결과는 오롯이 하늘의 몫에 맡겼으면 한다고 전했다. 그저 내맡기고 내려놓으라고, 그러면 삶은 자연스럽게 흘러간다고…. 나는 내가 할 일만 하면 될 뿐 힘들게 하늘의 일까지 떠맡을 필요는 없지 않은가. 내가 하겠다고 해서 내가 할 수 있는 일도 아닐뿐더러 나는 그저 편안한 마음으로 하늘의 뜻을 기다리는 것이다. 될 일은 될 것이고, 안 될 일은 안 될 것이니까. 시절 인연(時節因緣)이라고 했으니 아무리 애를 쓴다 할지언정 지금 내게 올 인연이 아니라면 이루어지지 않을 것이고, 지금 이 시기에 나에게 필요한 인연이라면 내가 노력하지 않아도 쉽게 찾아오기 마련이니까.

그것을 알고 있음에도 자꾸만 조급해한다. 점점 더 불안해하며 두려움을 키워간다. 이렇게 삶을 괴롭게 만드는 이유는 바로 모든 것이 내가 원하는 대로 이루어져야 한다는 '집착' 때문인 것이다. 친구들의 마음도 그랬다. 결혼을 했으니 어느 때 임신을 하고 언제 출산을 하겠다는 자신의 계획에서 멀어져 가자 마음이 조급해졌다. 아이가 생기지 않으면 어떡하나 불안해했고, 나중엔 슬픔과 우울감에 젖은 날들이 많아졌다. 취업을 준비하는 친구 역시 입사를 희망하던 곳들이 있었는데 소식이 없자 조바심이 들었다. '내가 부족한 건가?' 하는 생각에 자신감이 떨어지고 이러다 계속 취업을 못할지도 모른다는 공포감에 사로잡혔다.

친구들의 그 마음을 모르지 않는다. 하지만 통제하지 못하는 상황과 현재의 모습에 좌절하기보다는 마음을 편안하게 가지고 조금 더 내맡겨 보자고 했다. 그리고 우리가 집중해야 할 것은 언젠가 갖게 될 무언가가 아니라 지금 가진 것에 주의를 기울이고 감사하는 것이라고.

아이를 기다리는 친구에게는 그녀를 아껴주는 남편이 곁에 있다. 서로를 배려하고 존중하면서 예쁜 가정을 이루고 있고, 그녀와 남편 모두 건강한 것이 얼마나 큰 행복인가. 아이가 없는 현실보다 사랑하는 소중한 사람과 함께할 수 있다는 것에 그녀가 기뻐하길 바랐다. 취업을 준비하는 친구에게도 그곳과의 인연이 닿지 않았을 뿐 네가 부족해서 취업이 안 되는 것이 아니란 걸 알려주었다. 지금까지 쌓아온 그녀의 이력과 능력으로 충분히 좋은 일자리를 구할 수 있으니 꼭 거기여야 한다는 생각을 놓아버리고 마음 편하게 기다려 보자고 했다. 그 결과 몇 달이 지난 후 이렇게 좋은 소식을 들고 온 것이다. 단지 내가 할 수 있는 것은 '지금 여기'에서 '나의 할 일'을 하는 것 그리고 결과는 내맡기는 것뿐이다. 더 해야 할 무엇이 있는 것이 아니기에 어쩌면 무척이나 쉬운 일인데 우리는 능력 밖의 일까지 넘보느라 애를 쓰고 힘들어하는 것은 아닐까.

내가 원하던 목표와 계획이 예상한 결과와 전혀 다르게 나올지라도 실패도, 절망할 일도 아니다. 내가 보지 못하는 것 이상의 또 다른 가능성과 기회를 하늘이 열어주는 것일 수도 있을 테니. 나를 괴롭히는 것은 내 '생각'이지 세상이 나를 괴롭히지 않는다는 것을 알면 언제나 마음이 편하다. 나를 궁지에 빠뜨린 것처럼 보이는 일들도 나에게 성장과 배움으로 찾아와 성숙의 길로 인도하는 과정이니까.

내맡길수록 삶은 평화로운 선물이 된다. '지금 여기'에 집중하게 되고 내게 일어나는 그 무엇도 감사히 받을 수 있다. '내맡김'의 삶은 마음의 평온을 가져다주는 소중한 삶의 지혜다.

이미 가진 것에 대한
감사함을 누리세요.
나머지는 내맡겨 보세요.
삶이 편안해집니다.

할 만큼 했어, 이제 기다리자~

슬픔과 이별하는 방법

나는 슬픔과 건강하게
이별하고 있나요?

자주 만나지 못하지만 늘 응원하는 동생이 있다. 특히 코로나 이후로는 얼굴 보기가 더욱 어려워졌다. 그래도 잊지 않고 안부를 묻고 챙길 정도로 서로를 살뜰히 생각하는 사이다. 언제나 반갑기만 한 동생의 연락이지만 왠지 모르게 이번만큼은 느낌이 달랐다. 역시, 그 예감은 틀리지 않았다. 바로 부친의 부고 소식을 알리는 문자. 그 당시 코로나 바이러스 전염 확산에 대한 엄중함 때문에 정부에서는 사회적 거리두기를 4단계로 격상했고, 장례식장 방문은 친족으로 제한되었다. 그녀의 손이라도 한번 잡아주고 고인을 보내는 길에 직접 인사를 올리고 싶었지만 멀리서 마음으로나마 명복을 빌어드리는 수밖에 없었다.

부모와의 이별을 경험하기엔 아직은 이른 20대 중반의 그녀가 지금의 상황을 받아들이기에 얼마나 힘이 들까. 자연스럽게 기억의 저편에서 스무 살의 나를 건져 올렸다.

대학 입학을 며칠 앞둔 2월의 추운 겨울날 아버지께서 갑작스럽게 쓰러지셨다. 마지막 인사도 나누지 못하고 두어 달을 병원에서 지내시다가 하늘나라로 보내드렸다. 그 당시의 나는 어땠을까. 사실 슬픔보다는 아버지의 부재가 믿기지 않았다. 이것이 진짜 현실인 건지 전혀 실감이 나지 않은 채로 몇 개월을 보낸 듯하다. 몇 달이 지난 후 꿈에서 만난 아버지는 평소와 같은 모습으로 나를 바라보며 말없이 환한 미소를 짓고 있었다. '아빠, 죽은 거 아니지? 진짜 다행이다. 정말 다행이야.'라고 몇 번이나 외쳤는지 모른다. 그렇게 수십 번을 확인하고 또 확인했는데…. 꿈에서 깨어나 현실로 돌아오고 나서야 비로소 꿈이었단 걸 알게 되자 베개에 얼굴을 묻고 펑펑 눈물을 쏟아냈다. 무의식 속에서는 내가 아직 아빠를 보내지 못했단 걸, 아빠와의 이별을 받아들이지 못하는 나를 자각하게 된 날이었다고나 할까. 그렇게 나는 뒤늦게 아빠를 잃은 내 안의 슬픔과 똑바로 직면했고, 그 슬픔을 떠나보내기까지 좀 더 오랜 시간이 필요했다.

세상의 그 어떤 슬픔보다 가족과의 이별만큼 가슴에 사무치는 슬픔이 또 있을까. 특히 언제나 나를 든든하게 받쳐줄 거라고 믿었던 아버지의 죽음 앞에서 이러한 상실의 아픔을 달랠 수 있는 것은 그 무엇도 없다. 거대한 산이 순식간에 무너져 내린 듯한 그 황망한 마음 앞에 과연 어떤 말을 할 수 있을까. 나도 겪어봤으니 네 마음을 알고 있다는 말도 쉽게 할 수가 없다. 슬픔은 지극히 개인적이고 개별적이기에 아무리 내가 같은 경험을 했다 할지라도 그 슬픔의 무게마저 같을 수 없을 테니. 그녀와 아버지 사이에 시간의 밀도와 애착 관계를 모르기에 무어라 함부로 위로의 말을 건넬 수 없었다. 어설픈 위로나 진부한 말들이 아무런 도움이 되지 않을 수 있음을 알기에 단지 아파하는 너의 곁엔 항상 내가 있다는 것을, 넌 혼자가 아니라는 것을 알려줄 뿐…. 나 또한 당시 누군가의 어떠한 말보다도 내 옆에서 나의 슬픔을 가볍게 생각하지 않고 존중해주는 사람이 있다는 것이 큰 위안이 되었다.

  누군가가 이러한 슬픔과 빨리 이별하는 방법이 있냐고 나에게 묻는다면 이렇게 말할 것이다. 특별한 방법은 어디에도 없다고. 충분히 슬퍼하고 충분히 아파하는 것밖엔…. 사랑하는 사람과의 이별을 경험하면서 어찌 아프지 않을 수 있을까. 그러하기에 슬픔이라는 감정은 빨리 떠나보내야 할 나쁜 감정이 아니라 이 시기에 느낄 수 있는 지극히 정상적인 감정이라고, 그러니 내 슬픔을 충분히 애도할 시간이 필요하다고 말할 뿐이다. 지켜보는 사람들은 안타까운 마음에 하루빨리 일상으로 회복하기를 바랄 테지만 살면서 수많은 고통과 슬픔을 겪어왔다 한들 가족과의 이별은 처음 맞는 고통이자 새로운 슬픔이지 않은가. 이는 전적으로 지금 이 슬픔을 겪고 있는 자의 몫이기에 나 자신이 충분히 슬퍼하고 충분히 아파한 후에야 자연스럽게 떠나보낼 수 있다. 그러므로 슬픔과 건강하게 이별하기 위해서는 이 슬픔을 외면하거나 부정해서도, 서둘러 없애려 해서도 안 된다. 내가 나의 감정을 충분히 보살펴주고 다독여줘야 한다. 그렇게 해야 아물지 않은 상처로 남지 않을 테니까. 그래서 나는 많이

힘들고 혼란스러울 그녀가 기꺼이 아프고 기꺼이 슬퍼했으면 좋겠
다.

몇 달 만에 그토록 기다리던 연락이 왔다. 나는 담담하게 그녀에
게 같이 밥을 먹자고 했다. 별거 없는 밥상이지만 김이 모락모락 나
는 갓 지은 하얀 쌀밥과 내가 가장 자신 있는 김치찌개 그리고 계란
말이와 진미채 볶음을 만들어 따뜻한 밥 한 끼 나누고 싶다. 평소답
게. 여느 때처럼.

먹어, 먹는 게 남는 거야

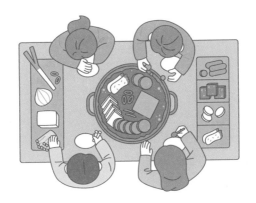

슬픔을 외면하거나 부정하지 마세요.
슬픔은 빨리 떠나보내야 할
나쁜 감정이 아니라 지극히 정상적인 감정입니다.
충분히 슬퍼하고 충분히 아파하세요.

행복도 연습이다

지금 내 눈앞에 어떠한 행복이
함께하고 있나요?

....

....

....

덕분에 감사합니다.

누군가 내게 물었다. 원래 그렇게 긍정적이냐고.

평소에 감사하다는 말을 자주 내뱉는데 타고나기를 그러한 건지 아니면 부모님한테 물려받은 것이냐고 물었다. 지금은 스스로도 긍정적인 사람이라고 자부하지만 처음부터 그랬던 건 아니다. 부정적이지는 않았지만 근심 걱정이 많은 사람이었다. 그래서 시작하기도 전에 겁을 내고 주저하는 일이 많았다. 그것은 스스로 한계를 만드는 일이었고 그 때문에 아쉬움과 후회를 남기기도 했다. 그런데 걱정한다고 해서 더 좋아지거나 좋은 일이 생기는 것도 아니지 않는가. 어차피 될 일은 되고 안 될 일은 용을 써도 안 되는 법이니까.

수많은 경험을 축적하고서야 걱정의 씨앗을 심는데 행복의 열매를 맺기란 어렵다는 것을 체득했다고나 할까. 콩 심은 데 콩 나고 팥 심은 데 팥이 나는 것은 당연한 이치인데 불평불만을 늘어놓고 부정적인 생각을 하면서 내가 원하고 바라는 일, 좋은 일만 가득하기를 바라는 것도 이치에 맞지 않다는 것을 깨닫게 되었다. 그래서 나와 다른 생각을 가진 이들이나 내게 불편한 환경, 익숙하지 않은 어떤 것에서든 좋은 면을 찾으려고 했고, 장점에 나의 시선을 두고자 했다. 물론 매번 성공적인 것은 아니다. 좋은 쪽으로 바라보려

했다가도 불쑥불쑥 만나게 되는 불편한 감정들을 마주하면서 그럼에도 불구하고 감사한 부분을 찾으며 연습과 반복을 거듭하고 긍정적인 관점을 키워나갔다. 지금은 자동적으로 좋은 면을 더 크게 바라보고 그것에 집중하는 편이다. 시련이 닥쳐왔을 때에도 이것은 '배움과 성장'의 기회라고, '내가 성숙할 수 있도록 도움을 주기 위해 온 것'이라고 여기게 되었다. 그러면 이 일이 나에게 주는 교훈에 대한 성찰로 시작해서 감사하는 마음으로 끝이 난다.

나도 늘 긍정적이고 싶고 행복하고 싶은데 어떻게 해야 하냐는 질문을 한다면 '감사하기'를 꼽고 싶다. 내가 긍정적으로 변하는 데 있어서 가장 효과적인 건 '감사하기'였으니까. 하루에도 수십 번 수백 번 감사하다는 말을 되뇌었다. 아침에 일어나 밝은 빛을 비추는 햇빛에도 감사하고, 대중교통을 이용할 때에도 이렇게 편하게 이동할 수 있도록 해 주어서 감사하고, 내가 좋아하는 애플망고를 먹을 때에도 이렇게 맛있는 과일을 먹을 수 있기까지의 수많은 사람들의 노고와 자연에 감사해한다. 심지어 마주 오는 모르는 사람들에게도 '지금 이 순간, 이렇게 나타나주셔서 감사합니다. 행복하세요. 건강하세요.' 하고 마음속으로 빈다. 이렇게 마음속에 감사하는 마음이 가득 찰수록 나의 행복도 더 커져만 갔다.

그래서 내가 우울해지려고 할 때, 뭔가 자꾸만 가라앉으려고 할 때면 눈앞에 보이는 감사함부터 찾기 시작한다. 그러면 어느새 지금 여기에, 이미 나를 둘러싼 행복이 가득하다는 것을 발견하게 되니까. 긍정도, 감사도 연습이다. 이것에는 실패가 없으니 많이 많이 연습하고 많이 많이 행복하시라.

◆　◆　◆

행복은 만드는 게 아니라 발견하는 거예요.
멀리 있는 것이 아니라
바로 지금, 여기에 있습니다.

들꽃이 건네는 말

지금 이대로 충분히 아름답습니다.
나만의 고유한 아름다움은 무엇일까요?

....

....

....

....

봄기운을 물씬 느끼기에 더할 나위 없는 화창한 날씨가 이어졌다. 뉴스에서도 연일 전국 곳곳에 꽃이 만발했다는 소식들을 전하며 봄나들이의 기대감을 높였다. 햇살조차 어서 나와 이 봄을 만끽하라고 손짓하는 것만 같아서 기꺼이 응하지 않을 수 없었다.

집 밖으로 발을 내딛는 순간부터 도처에 봄의 향연이 펼쳐지고 있다. 아파트 화단에서 먼저 목향 장미와 목련, 산당화가 나를 멋지게 에스코트해 준다고나 할까. 언제 그렇게 활짝 피어있었던 건지 물오른 꽃들의 미모에 미소가 번진다. 파란 물감으로 채색한 듯한 새파란 하늘과 솔솔 부는 봄바람까지 모든 것이 안성맞춤이었다.

굳이 멀리 가지 않아도 큰 길가에 들어서니 하얗고 노랗게 물든 세상이 나를 맞이했다. 벚꽃나무와 개나리가 그야말로 장관을 이루고 있었다. 흐드러지게 피어난 벚꽃길을 걷는데 꽃잎이 바람에 나부끼며 환상적인 꽃비를 내려준다. 바람의 운율을 타고 손바닥 위에 내려앉은 꽃잎 한 장이 얼마나 내 가슴을 심쿵하게 하는지….

길을 거니는 동안 흩날리는 꽃잎을 따라 내 시선도 함께 옮겨갔다. 나풀나풀 떨어지는 꽃잎들을 따라가다 보니 나무 밑에 피어있는 작은 들꽃들이 눈에 들어오기 시작했다.

'어머, 너희들은 언제부터 거기 있었던 거니.'

몇 걸음 사이에 꽤 다양한 꽃들이 피어있었다. 오랜만에 나무 밑에 쪼그리고 앉아 이름 모를 들꽃들에 눈을 맞추기 시작했다. 마음의 소란함이 가라앉고 머릿속 생각들을 벗어던진 채 오직 꽃들에게 눈맞춤한 시간이랄까. 생각이 끊어진 순간 속에서 잔잔한 평온함이 찾아들었다. 평화로운 고요를 즐기며 한참을 바라보고 있자니 마음속에 슬며시 떠오르는 생각 하나.

'너희들은 누군가에게 잘 보이려 애쓰지도 않고 예쁜 봄의 풍경 속에서 자기 역할을 하고 있구나!'

누가 보든 보지 않든, 본연의 모습으로 당당히 제 생명을 살아가고 있었다. 눈에 띄지 않지만 자신만의 고유한 모습으로 충분히 아름다움을 빛내고 있다. 모두가 벚꽃과 개나리만 좋아한다고 실망하지도, 서운해하지도 않는다. 주목받지 못한다고 불평하지 않는다. 그래서 더 갸륵하고 대견하다고 할까.

절대 작고 초라한 이름 없는 들꽃이 아니다. 오늘 본 그 어떤 화려한 꽃들보다 길가에 핀 이 작은 들꽃이 가슴에 깊은 감동과 진한 여운을 선사한다. 이들이 살아가는 모습에서 성스러움과 경이감을 느끼고, 그 생명력에서 큰 힘과 용기를 얻었다.

기특하기만 한 들꽃들을 찬찬히 카메라에 담았다. 너희의 존재를 내가 알아주겠노라고. 그 어여쁜 존재 하나하나의 이름들을 검색해

보았다. 어찌 그 이름마저 아름다울까. 자줏빛 꽃잎을 가진 '자주달 개비', 네 개의 꽃잎으로 갈라져 있으면서 하늘색을 띤 '봄까치꽃', 작은 줄기에 여러 송이의 꽃이 어긋나게 달려 있는 노란 빛깔의 '꽃 다지', 벼룩이 입을 만한 아주 작은 옷 같은 연약한 잎 모양에서 이 름 붙여진 '벼룩이자리', 짙은 분홍빛을 띠면서 앙증맞게 생긴 '광대 나물꽃', 제비꽃의 일종인 보라색의 '비올라 필리피카'까지…. 소중 한 만남에는 언제나 설렘과 기쁨이 따르듯이 오늘 이 친구들을 알 게 되어 마음이 더없이 푸근하고 흐뭇하다.

들꽃이 말한다. 모두가 봄의 상징인 벚꽃과 개나리일 필요가 없 다고. 세상의 주인공이 아니어도 제 삶의 주인공으로 잘 살아갈 수 있다고. 자기 자리에서 고유의 역할을 해내면서 묵묵히 자기 삶을 사는 것이 진정 인생을 슬기롭게 잘 살아가는 것이라고 말이다. 그 렇게 당당하게, 가볍게 살아가는 삶을 배워야겠다.

아름다운 봄날에 '너도 나처럼 살라'며 들꽃이 내게 건네는 말이 아니었을까.

◆　◆　◆

세상의 주인공이 아니어도
자기 삶의 주인공으로 살아갈 수 있습니다.
나만의 고유한 방식으로 내 삶을 당당히 살아가요.

과거의 나를 놓아주라

나는 과거에서 자유로운가요?
지나간 과거 때문에 괴로워하고 있지는 않나요?

....

....

....

....

'자존감'과 관련된 프로그램을 진행할 때 찾아온 여성이었다.

7년 전 헤어진 연인에 대한 배신감 때문에, 그 상처 때문에 여태 껏 아무것도 하지 못하고 있었다. 아직은 그 사람을 용서할 수가 없 어서 무언가를 새롭게 시작할 엄두조차, 어떠한 시도조차 하지 못 한 채 그늘진 하루하루를 보내고 있었다. 그래도 조금은 벗어나고 싶다는 생각에, 실낱같은 희망을 가지고 용기 내어 집 밖을 나오게 되었다고….

그녀의 예쁜 얼굴에서 미소가 메말라 있었다. 고개를 숙인 채로 눈은 아래를 응시한 채 작은 목소리로 말을 이어가는데 그 말 속에 서는 여전히 분노가 살아있었다. 자신을 속였다는 것, 달콤한 거짓 말에 놀아났다는 것에 대한 큰 충격에서 지금껏 벗어나지 못한 채 끝없는 증오와 고통을 만들어 내고 있었다.

참 많이 아팠을 것이다. 참 많이 괴롭고 힘들었을 것이다. 어찌 말 로 다 표현할 수 있겠는가. 사랑하는 사람의 배신은 가슴이 찢어질 듯한 아픔과 견디기 어려운 고통을 남긴다. 결코 쉽게 털어낼 수 있 는 일이 아니다. 사랑도 잃고 사람에 대한 믿음마저 상실했는데 그 것을 극복하기 위해 충분한 시간이 필요한 것은 자명하다.

하지만 7년이란 세월 동안 그 아픔 속에 갇혀 있는 그녀가 너무 안쓰럽고 안타까웠다. 애처로운 그녀를 위해, 그녀가 자신과 마주하길 바라는 마음으로 내가 내어놓을 수 있는 것은 답이 아닌 질문이었다.

"그 사람이 지금 당신의 이러한 아픔을 알고 미안해하고 있을까요? 당신이 그를 떠나보내지 못하고 미워한다고 해서 당신의 아픈 마음이 나아질까요?"

그녀를 배신한 그는 어쩌면 지금 어딘가에서 오히려 더 행복하게 지내고 있을지도 모른다. 또 다른 여자를 만나 즐거운 시간을 보내면서….

그런데 지금 그녀는 이미 지나간 인연을 부여잡고 오늘을 고통스럽게 보내고 있다. 내가 미워한다고 그 사람에게 복수할 수 있는 것도 아닌데 내가 나를 과거의 상처에 가두고 있다는 것을 그녀가 놓치고 있었다. 과거의 상처가 과거에서 끝난 것이 아니라 현재까지도 나를 아프고 병들게 하고 있다는 것을, 일상마저 망가뜨리고 지금의 행복마저 앗아가 버렸다는 것을….

아프지만 일어난 현실을 인정하고 털어내야 한다. 이것을 받아들여야 그와 나와의 관계가 진정 끝을 맺을 수 있을 뿐만 아니라 내 안의 상처와도 완전히 이별할 수 있다. 그 고통을 끝내는 것은 결국엔 나 자신이다.

그러니 과거의 나를 이제 그만 놓아주어야 한다. 과거의 상처, 과거의 미움, 과거의 잘못을 보내주는 것이다. 과거로 인해 오늘과 미래를 망치도록 내버려두는 게 너무 안타깝지 않은가. 오늘 주어진 내 행복마저 아픔으로 덧칠하고 슬픔에 둘러싸여 보내기엔 내가 너무 안쓰럽지 않은가. 나는 소중하고 귀한 존재이다. 타인으로 인해 나를 해치게 놔두지 말고 내가 나를 지켜내는 지혜가 필요하다.

지금부터 과거는 놓아주고 오늘을 살았으면 좋겠다. 이미 지나간 시간이 아닌, 매일 새롭게 주어진 이 시간을 사는 것이다. 오랜 시간을 허탈하게 보냈다고 해서 내 미래를 망친 것도, 오염된 것도 아니다. 과거는 아무런 힘이 없다. '지금'의 내가, '오늘'의 내가 미래의 나를 만드는 것이니까. 그러니 부디 오늘을 살라.

◆　◆　◆

'지금'의 내가, '오늘'의 내가 미래의 나를 만드는 것입니다.
이제는 그만 '과거'의 나를 놓아주세요.

'선택의 순간'보다 중요한 것

어떤 선택을 할지 고민이 되나요? 잘못된 선택은 없습니다.
여러 갈래의 길 중 하나의 길일 뿐입니다.

좋은 직장을 놔두고 갑작스레 유학을 떠난 선배가 5년 만에 한국에 귀국했다. 꿈의 직장이라고 불릴 만큼 많은 이들이 선망하던 곳에 취직한 지 얼마 되지 않은 시점이었는데 갑자기 떠난다는 소식에 모두가 깜짝 놀랐다. 뜬금없이 유학을 가겠다고 하는 것도 놀라웠지만 대부분 취업 준비에 한창이던 동기, 후배들 사이에선 아까운 그 자리를 박차고 떠난다는 소식에 더욱 놀랐었다. 안정적인 자리를 마다하고 떠난 그곳에서 잘 살고 있다는 소식을 들었는데 모든 것을 접고 다시 한국에서 새롭게 시작한다고 하니 역시 선배답다는 말이 절로 나왔다.

"거기서 정착하는 것이 쉽지 않았을 것 같은데…. 선배는 갈 때도 속전속결이더니 올 때도 어쩜 그래요?"

"나는 특별히 고민하지 않아. 선택한 대로 까짓것 그냥 가는 거지 뭐!"

삶의 주거지와 하는 일이 완전히 뒤바뀌는 큰 선택의 기로에서도 너무나 쉽게 결단 내리는 선배를 보며 '선택'이란 단어의 무게와 가치를 다시 한번 생각해보는 계기가 되었다고나 할까.

인생은 매일이 선택의 연속이다. 수많은 선택을 하며 살아가는

삶 속에서 이게 고민거리가 되는지 우스울 정도로 사소한 일조차 고민할 때가 있다. 어떤 옷을 입고 나갈지, 점심 메뉴를 고르는 따위의 일까지…. 하물며 결혼이나 이직, 거취를 정하는 일은 오죽할까. 몇 날 며칠을 고민하고 밤잠을 설칠 때도 있다. 해야 하나 말아야 하나에서부터 A가 좋을지, B가 더 좋을지, 아니면 C나 D는 어떻게 할지 등등 수많은 선택지 앞에 오랫동안 망설이고 머뭇거린다. 그래도 도무지 모르겠으면 주변 사람들의 의견을 구하면서까지 최고의 정답(?)을 찾으려고 노력한다. 그렇다면 그렇게까지 머리 아프게 고민하는 이유는 무엇일까? 이 선택이 나에게 유리한 것인지, 어느 것이 더 좋을지에 대한 계산 때문이다. 무엇을 선택해야 가장 만족스러운 결과를 얻을 수 있을까 혹은 더 쉽게, 더 빨리 원하는 것을 추구할 수 있을까를 놓고 치열하게 머리를 굴리는 것이다. 그리고 이 선택은 한 번뿐이라는 것, 그렇기 때문에 이 선택을 잘못하면

안 된다는 생각이 그것을 지나치게 어렵고 힘든 것으로 만든다.

따지고 보면 여러 갈래 길이 있을 뿐이지 잘못된 선택이란 있을 수 없다. 최고의 정답이란 것도 없다. 단지 내가 선택한 결과에 대한 '책임'만 있을 뿐! 더구나 단 한 번의 선택, 그에 대한 결정이 내 인생을 좌지우지할 것 같지만 그렇지만은 않다. 과거를 돌이켜보면 그때는 엄청나게 중대한 선택인 것 같아 오랫동안 고민했는데 지나고 보면 별것 아닌 일들이 많았다. 정말 좋은 기회를 얻었다고, 이런 기회는 없다고 선택했지만 그게 전부 좋은 결과를 낳진 않았다. 반대로 어쩔 수 없이 원치 않은 선택을 했는데 오히려 전화위복이 되어 나에게 더 많은 기회와 성과를 가져다주는 경우도 적지 않았다. 그러니 어떠한 선택의 결정을 두고 잘했니 못했니를 따지고 판단하는 것은 의미가 없다. 정작 중요한 것은 그 길을 가고자 했던 나에 대한 믿음과 과정에 대한 진정성이랄까.

유불리를 따지며 '선택'에 대한 고민을 하는 것보다는 내가 한 선택이 헛되지 않도록 나 자신을 믿고 그 길을 가치 있게 만드는 것이 더 중요하다. 한 번 결정한 이상, 가지 않은 길에 대한 아쉬움과 후회는 접어두고 오직 내가 선택한 길만 바라보며 한 발 한 발 내딛는 것이다. 내 예상과는 달리 원하던 결과를 만들어 내지 못할 수도 있지만 그 결과가 나오지 않았다고 해서 내 선택이 잘못되었다는 방증은 아니다. 그 과정에 진심을 다했다면 그것만으로도 내 선택은 충분히 가치 있으니까. 원하던 결과를 얻지 못했다고 그 선택을 실패로 매도하지 말고, 스스로를 깎아내리지 말자. 값진 배움의 시간으로 내 선택을 소중하게 존중해줬으면 좋겠다. 선택의 순간보다 중요한 건 언제나 '나에 대한 믿음과 뚝심'이라는 것을, 그 선택을 가치 있게 만드는 것은 전적으로 '나'의 몫이라는 것을 우리 모두 잊지 말기를!

그래 결심했어!

어떤 선택을 하느냐보다 중요한 건
내 선택을 믿고 그것을 가치 있게
만드는 것임을 잊지 마세요.

내 마음의 안부를 물을 때

나는 또 무엇에 대해 문제를 삼고 있나요?
내 마음은 안녕한가요?

금요일 저녁, 한 주 동안 수고가 많았노라고 그동안의 회포를 풀기 위해 친구를 만나기로 했다. 약속 장소에 도착하자 시야에 들어온 순간부터 그녀가 씩씩대는 것이 기분이 영 좋아 보이지 않았다. 무슨 일이 있었냐고 물었더니 그때부터 속사포처럼 쏟아내기 시작했다.

"그는 늘 그런 식이야. 뾰로통한 얼굴에 불만 가득한 눈빛, 톡 쏘는 말투. 같은 말이라도 좀 좋게 해 주면 좋을 텐데. 그의 입에서 부드러운 말이나 칭찬 한번 나오는 법이 없어. 그 사람을 볼 때마다 짜증 나고 불쾌해. 그런데 오늘따라 그 모습이 더욱 보기 싫더라고!"

나는 그의 존재를 익히 알고 있었다. 한 달에 한 번 매장 관리 차 방문하는 그녀의 총괄 매니저인데 그가 다녀가면 친구는 늘 기분이 상하곤 했었다.

"늘 그래 왔는데 새삼스럽게 왜 그래?!"

별일 아니라는 듯 그녀에게 내가 그러한 말을 툭 던진 건 그녀의 심정을 몰라서도 아니고 그녀의 기분을 가볍게 여겨서도 아니었다. 여기서 중요한 건 '오.늘.따.라. 더.욱.'이라는 것.

그 사람이 뾰로통한 표정을 짓는 것이 하루 이틀이 아니었다. 아주 빈번하게 -한 가지 표정만 있는 사람인 마냥 그래 왔듯이- 이제

껏 봐 왔던 모습이다. 그 눈빛도 오늘의 특별한 눈빛이 아니라 자주 보아 왔던 눈빛이다. 좋은 말을 잘 해주지 않는다는 것도 늘 있어왔던 일인 것.

여러 번 봐 왔으니 이제 파악할 때도 되지 않았는가. 그런데 지금에 와서 새삼스럽게 따지는 것이 더 우스운 일이 아닐까. 그가 늘 그녀 앞에서 보여준 그 모습을 오늘도 보여줬을 뿐이다. 그래서 그가 그러한 모습을 보이더라도 '저러한 성향을 가진 사람이구나' 하고 인정하면 된다. 그것을 좋다 나쁘다 시비하지 말고 그냥 그렇구나 하고 넘기면 된다. 그는 늘 하던 대로 했을 뿐이고 나도 있는 그대로 받아들이면 특별히 화가 날 일도 없을 것이다. 그러다가 -극히 드물겠지만- 어쩌다 한번 그가 칭찬을 하거나 친절을 베풀면? 그것이야말로 크게 기뻐하고 감사할 일이 아닌가!

오늘 더 열이 받는 건 그 사람의 문제가 아니라 내 마음이 꼬여있거나 못마땅한 무언가가 있어서일 것이다. 평소에는 넘어갈 수 있는 데 내 마음이 편치 않아서 더욱 뾰족하게 받아들이는 것이다. 그래서 자세히 들여다보면 상대나 상황의 문제가 아니다. 결국 내 마음의 문제다.

이러한 상황에 내가 기분이 나쁘다고 해서 화가 많은 사람에게 맞불작전으로 같이 따지고 들면 그 사람이 '미안합니다. 내가 잘못했어요.' 하고 사과를 할까? 아니면 더 날뛰면서 고래고래 소리를

지를까? 안 봐도 답이 뻔하다. 그렇다고 마냥 참으라는 소리는 아니지만 심신의 평화를 위해, 나를 위해 상대를 있는 그대로 인정하는 것이 여러모로 마음이 편하고 나에게도 이롭다.

저 사람의 성향을 파악하고 그대로 수용할지, 매번 보면서 나도 덩달아 기분 나빠하고 내 기분을 망칠지는 나에게 달린 것이다. 그렇게 생각한 이후 나는 사람을 대하는 부분에 있어 많은 것이 편해지고 관대해졌다. 상대를 탓하기보다는 그것을 문제 삼는 내 마음의 문제임을 알게 되었으니까. 내가 문제 삼지 않으면 아무런 문제가 없다. 내가 내 식대로 덧붙이지 말고, 시비하지 말고, 평가하지 않으면 문제될 게 없었다. 그저 있는 그대로 바라보고 허용할 줄 안다면 상대의 모습을 쉽게 수용할 수 있다. 내가 동의하지 않는 어떤 말에도, 다소 납득하기 어려운 행동일지라도….

평소와 다를 바 없는 비슷한 상황이나 말 한마디에 감정의 기복이 심하다면 내 마음의 안부부터 물어보는 건 어떨까? 내 마음이 얼룩지고 구겨져 있는 건 아닌지, 그래서 내 식대로 시비 분별하고 평가하고 있는 건 아닌지….

◆　◆　◆

모든 것을 있는 그대로 본다면,
내 해석을 덧붙이지 않는다면 아무런 문제가 없습니다.

몸으로 돌아가라

머릿속 생각이 나를 괴롭힐 때,
나는 무엇을 하면 좋을까요?

마음이 산란하고 머릿속이 번잡할 때, 미운 누군가가 떠올라 분노가 치밀 때, 큰 두려움과 불안감이 나를 집어삼키려 할 때 무엇을 해야 할까. 사실 그때는 무엇을 해야 할지도 모르겠고 손에 잘 잡히지도 않을뿐더러 무언가에 집중하기도 쉽지 않다.

어떤 감정이 급습해서 도저히 헤어나오기 어려울 땐 단순한 게 제일 좋다. 그래서 그것에서 벗어나기 위한 방법을 묻는다면 이렇게 말하고 싶다. 몸으로 돌아가라고.

머릿속 생각들을 잠재우려면 '생각한다'는 생각 자체가 일어나지 않게끔 단순하면서도 반복적이고 고된 행위일수록 효과가 탁월하다. 따라서 나는 그러한 상황에 봉착하면 가장 손쉬운 방법으로 그 즉시 바로 나가 무작정 걷는 것을 선택한다. 따로 목적지를 정해두지 않고 발길이 닿는 대로 계속 걷는 것이다. 이왕이면 빠른 걸음으로, 평소 가보지 않았던 길로, 숨이 찰 때까지 걷고 또 걷는다.

그렇게 걷고 걷다 보면 잡생각이 사라진다. 생각에 사로잡혀 눈을 뜨고 있어도 볼 수 없었던, 내 닫혀 있던 시야에 하늘과 나무, 거리의 풍경들이 그제야 비로소 보인다. 그렇게 눈앞에 실재하는 많은 것들을 따라가다 보면 자연스럽게 고통도 사라진다. 그럼 결국엔 알게 된다. 허망한 생각이 고통을 만들었고, 지독하게 나를 괴롭힌 고통이란 게 따로 존재하는 무언가가 아닌 허상에 불과했음을….

5년 전, 번아웃이 찾아오고 인간관계에서의 갈등으로 인해 큰 괴로움을 겪을 때 만 배를 한 적이 있다. 그때는 불구덩이 속을 헤매던 나 자신을 건져 올리고 싶어서 미친 듯이 절을 했다. 땀이 뚝뚝 흐르고, 숨은 가쁘고 몸은 녹초가 되지만 머릿속을 헤집던 생각들이 점차 사라져 갔다. 멈추고 싶어도 멈출 수 없었던, 내 머릿속을 끝없이 유영하던 생각들이 어느새 달아나 잠시 동안의 텅 빈 자유를 경험했다. (물론 그 당시는 자유고 뭐고, 아무 생각이 나지 않는 상태일 뿐이었지만.) 그래서 갑자기 생각이 나를 괴롭힐 때면 혼자 조용히 방 안에서 300배, 500배 이상의 절을 한다. 아무것도 필요 없이 한 평의 공간이면 충분하니까. 나를 지켜내기 위해, 마음의 소란을 가라앉히기에 절은 가히 특효약이라 할 만하다.

또 다른 나의 선택지는 산을 찾는 것이다. 산은 아무 말 없이 나의 한숨과 탄식, 눈물까지 모두 받아준다. 나의 모든 설움을 스스럼없이 털어낼 수 있는 유일한 곳이랄까. 그렇게 가파른 산길을 오르기 시작하면 내 머릿속에서 떠날 기미가 보이지 않던 생각들이 온데간데없이 사라지고 만다. 숨이 가빠 헉헉대고 가슴은 펄떡거리고 다리가 후들거리는데 생각 따위가 끼어들 겨를이 어디 있으랴. 경사가 급하고 높고 힘든 산을 오를수록 뒤엉켜 있던 생각들이 절로 사라지는 마법을 경험한다.

이렇게 몸을 지치고 피로하게 만들지만 오히려 정신은 또렷해지고 맑아진다. 맑은 정신에서는 올바르게 판단하고 제대로 인식할 수 있다. 그래서 괴로움이란 것도 실제 존재하지 않는 것임을 알아차린다. 몸을 움직이면서 오염된 생각과 그릇된 자기 해석에서 벗어나게 되는 것이다. 그것을 깨닫게 되면 감정도 자연스럽게 회복된다. 힘들게 나를 짓누르던 감정들이 정화되면서 다시금 평정의 상태로 나를 데려다 놓는다. 그래서 몸과 마음은 따로 있지 않고 하나로 연결되어 있음을 자각하게 된다. 그래서 몸에서 자꾸 아프다고 신호를 보내면 마음을 살펴보아야 하고, 마음이 괴롭다고 아우성치면 몸으로 돌아가야 하는 법이다.

어떠한 생각이 나를 괴롭히고 어두운 감정 속을 거닐고 있는가? 계속해서 원치 않는 생각놀음에서 벗어나기 힘이 드는가? 그럴 때면 지체 없이 몸으로 돌아가라!

◆　◆　◆

생각과 감정이 나를 집어삼키려 할 때 몸으로 돌아가세요.
몸도 마음도 가뿐해지는 마법을 경험합니다.

좋은 일, 나쁜 일이란 게 따로 정해져 있지 않고 내가 좋게 바라보면
좋은 일, 내가 나쁘게 바라보면 나쁜 일이 됩니다. 이왕이면 좋은 쪽을
바라보는 것이 어떨까요?

PART 2

감당할 수 없는
괴로움이
닥쳐와도

'관점' : 어떻게 바라볼 것인가?

나는 '   ' 을
어떤 관점으로 바라보고 있나요?

....

....

....

....

모든 괴로움의 원인은 분별에서 시작된다. 분별하지 않고 있는 그대로만 바라보면 좋은 일, 나쁜 일이 따로 없다. 단지 하나의 사건, 하나의 상황이 일어난 것일 뿐. 이렇게 단순한 지혜를 알면서도 사실 분별하지 않는다는 것이 쉽지만은 않다. 그리고 그렇게 살 수도 없다. 판단하지 않고 있는 그대로를 바라볼 수 있다면 더없이 좋겠지만 늘 수많은 생각을 하고 분별을 사용하는 우리이기에 이왕 분별하며 살아갈 거라면 조금 더 현명하게 사용하면 좋지 않을까. 마음껏 분별하되 괴롭지 않게, 스스로에게 이로운 쪽으로 말이다. 즉, 어떠한 판단과 해석을 내리되 '어떻게 바라볼 것인가?'에 대한 관점이 매우 중요하다는 이야기다.

좋은 일, 나쁜 일이란 게 따로 정해져 있지 않고 내가 좋게 바라보면 좋은 일, 내가 나쁘게 바라보면 나쁜 일이 되는 것이다. 그렇다면 그것을 나쁘게 바라보며 괴로워하기보다 이왕이면 좋게 바라보고 나에게 도움이 되는 방향으로 나아가면 어떨까? 나에게 힘과 용기를 북돋우면서 이 상황을 지혜롭게 받아들이는 것이다. 그럼 시간이 지나 이때를 돌이켜보면 그 시기를 슬기롭게 잘 건너온 나를 만날 수 있지 않을까.

내게 찾아온 경험에 대해 어떠한 관점으로 바라볼 것인가를 말할 때 깊은 울림을 주는 사건이 있다. 2018년 12월 31일, 정신질환을 앓고 있던 환자가 본인을 진료하던 의사를 살해한 사건이 있었다. 그 환자를 피해 진료실을 뛰쳐나왔던 임세원 교수는 카운터에 있는 다른 간호사 및 의료진들에게 대피 지시를 하느라 주춤하던 사이 환자가 휘두른 흉기에 찔려 안타까운 죽음을 맞이했다. 그러한 상황에서 임세원 교수의 유족은 가해자에 대한 처벌을 촉구하기보다는 마음이 아픈 사람들이 편견과 차별 없이 언제든 쉽게 도움을 받을 수 있는 사회가 되길 바란 고인의 뜻을 받들어 조의금을 기부해 큰 감동을 불러일으켰다.

2019년 의료기관 내에 의료인과 환자의 안전을 보장하기 위한 장치를 마련하고 의료인에게 상해를 가한 자에 대한 처벌을 강화하는 내용의 '임세원법'이 국회를 통과했고, 2020년 임세원 교수는 의사자로 지정되었다.

유족들은 하루 아침에 아들이자 남편 그리고 아빠인 그를 잃었다. 가해자에 대해 원통하고 원망스러운 마음을 낼 수 있고 내 아들, 내 남편은 '피해자'라는 생각에 평생을 고통에 시달릴 수도 있었다. 그러나 그들은 지혜롭고 현명했다. 가족을 잃은 슬픔보다는 마지막 순간까지 자신의 소명을 다하고 동료들을 지키기 위해 애쓴 훌륭하고 자랑스러운 '의인'으로 그를 받아들였다. 이렇게 평생을

'피해자의 가족'으로 살지, 훌륭하고 자랑스러운 '의인의 가족'으로 살지 자신이 규정하는 것이다.

수많은 상황에서 어떠한 관점으로 바라보고 받아들이느냐는 나에게 달려있다. 결국, 그것을 바라보는 내 '생각', 나의 관점으로 인해 괴로움도 만들고 고통도 만들어 내는 것이다. 단지 그 차이로 삶은 완전히 달라진다.

◆　◆　◆

그 일은 내가 규정하는 그것이 됩니다.
내가 결정하는 것입니다.

'원래 내 것'이라는 착각

원래부터, 당연하게 내 것이라 여겨왔던 것이 있나요?
정말 그러한 것이 존재할까요?

꽤 오랜 기간 진행하던 강연이 있었다. 올해 초 그와 동일한 주제로 다시 강연을 시작해보지 않겠냐는 제의가 들어왔다. 무척이나 반가운 제안이었지만 시간이 여의치 않아 부득이하게 거절 의사를 전달해야 했다. 하지만 좋은 취지의 강연이기에 이대로 중단하기는 아쉬웠다. 내가 직접 참여하지는 못할지라도 나를 대신해서 잘 이끌어갈 좋은 강연자가 있다고 하면서 나의 오랜 친구를 소개해주었다. 그녀라면 내가 믿고 맡길 수 있을 만큼 충분히 역량 있고 신망할 수 있는 대상이기에. 어련히 알아서 잘하겠지만 혹시나 작은 도움이 될까 하여 내가 사용했던 자료를 넘겨주며 그녀가 강연을 잘해 나가길 응원했다. 얼마 후 그 강연에 대한 교육생들의 반응이 좋다는 얘기를 듣고 함께 기뻐했고, 내가 애정을 가진 그 강연을 잘 이끌어준 그녀에게 고마움마저 느꼈다.

　그렇게 몇 달이 흘러 담당자와 오랜만에 연락이 닿았다. 서로의 안부를 건네다가 그녀가 하반기에 예정된 강연은 맡기 어렵다는 소식을 전했다고 했다. 혹시 시간이 된다면 맡아줄 수 있겠냐고 물었고 하반기에는 어느 정도 시간을 조율할 수 있을 것 같아 알겠다고 했다. 담당자도 나도 그녀가 당연히(?) 내게 연락을 취할 것이라 여겠다. 오랜만에 하게 될 강연에 몹시 반갑고 설레었다. 생각지 못한 수입까지 생긴다는 생각에 내심 기대감을 가지고 그녀의 연락을 기다렸다. 하지만 며칠이 지나도 그녀에게서 아무런 연락이 없었다. '왜 아직까지 언급이 없지?' 하는 의문을 가지며 답답한 내가 먼저 그녀에게 연락해 강연에 대한 운을 살짝 띄워보았다.

"하반기에는 강연을 어떻게 하기로 했어?"

"안타깝지만 내가 시간이 안 돼서 후배에게 부탁했어. 그 후배가 잘 이끌어갈 거야."

그 말을 듣는 순간 황당함에 말문이 막혔다.

'뭐? 내가 연결해 준 강연인데 다른 사람에게 줬다고? 먼저 나에게 말하는 게 우선 아닐까. 나에게 한번 물어볼 수 있지 않았을까.'

내가 이제껏 챙겨준 것을 잊은 것 같은 괘씸함과 서운함이 한꺼번에 밀려왔다. 나는 그녀를 위해 소중히 준비한 자료도 넘겨주고 강연도 소개해주었는데 나를 전혀 배려하지 않은 행동처럼 보였다. 마땅히 나에게 올 기회와 이익을 빼앗긴 느낌이었다. 그녀에 대한 미움과 억울함 때문에 몇 시간을 혼자 씩씩거렸다. 일을 마치고 집에 와서까지 수십 가지 생각들이 꼬리에 꼬리를 물고 뒤엉켜 머릿속을 어지럽혔다. 여러 차례 머리를 흔들어 보아도 사라지지 않는 생각과 끓어오르는 감정을 잠재우기 위해 자세를 곧게 하고 가만히 숨을 고르기로 했다.

'나 왜 이렇게 화나 있지? 무엇 때문에 이렇게 분을 삭이지 못하는 걸까?' 하고 차분히 내 마음을 지켜보았다. 그러자 날뛰던 감정이 조금씩 잠잠해지더니 스르륵 꼬리를 내리기 시작했다.

'원래 내 것이라고 여기는 착각이 고통을 만들었구나. 바로 그거였구나!'

원래부터 내 것이었다는 나만의 착각으로 인해 혼자 서운해하고 혼자 억울해했다. 그리고 친구를 향한 미움과 분노를 만들어 냈다. 사실 원래 내 것이라는 게 어딨는가. 잠시 인연이 되어 나에게 왔을 뿐 원래 내 것이라는 말은 온당치 못하다. 나에게 잠시 왔던 것이 때가 되어 다른 이와의 새로운 인연으로 닿은 것일 뿐인데 사리에 맞지 않는 생각을 했다. 내게 맡겨놓은 자리도 아니고 내 통장에 있던 돈을 빼앗아 간 것도 아닌데…. 실재하지 않은 '내 것'이란 허상을 만들고, 그 허상에 대한 집착이 빚어낸 괴로움이었다.

그 잘못된 생각이 결국 부정적인 감정들을 만들어 낸 것이다. 어리석은 한 생각에 사로잡히면 이렇게 나 스스로를 괴롭히고 고통에 빠뜨린다. 그렇다고 해서 절망할 필요는 없다. 잘못 매듭지은 생각은 제대로 풀면 그만이니까. 생각과 감정 모두 내가 만들었으니 스스로 만든 괴로움을 없애는 힘도 나에게 있는 법이니까.

그녀가 잘못된 선택과 행동을 해서 나를 화나게 만들고 서운하게 한 것이 아니라 내 어리석은 생각 하나, 그 생각이 쏘아 올린 감정을 올바로 볼 수 있으면 되는 거였다. 그녀는 나를 괴롭히기 위함도 아니었고 내 것을 빼앗기 위함은 더더욱 아니었다. 어쩌면 오히려 바쁜 나를 위해 그녀가 선택한 최선의 배려이자 실력 있는 후배에게 또 하나의 기회를 만들어 준 좋은 선배일지도 모른다.

그것을 깨닫자 그녀에 대한 미움, 서운한 감정이 순식간에 사라졌다. 올바른 생각에 다다르자 그 즉시 불편한 감정이 한꺼번에 사라지고 겸연쩍은 내 모습, 부끄러운 나 자신과 마주했다. 생각을 밝게 하니 구겨진 마음이 이렇게 쉽게 펴질 줄이야….

나의 미숙함, 어리석음 때문에 잠시나마 너를 미워해서 미안해! 내가 더 잘할게, 친구야!

지금의 인연으로 잠시 내게 주어진 것입니다.
원래 내 것이란 게 아무것도 없습니다.

담담함이 곧 대범한 것이다

지금 어떤 어려움 혹은 두려움이
내 앞을 가로막고 있나요?

요즘 모든 걸 쉽게 생각하려고 스스로에게 '쉽다'라는 주문을 걸던 날들이었다. 이유인즉슨, 새로운 일을 기획하고 구성안을 제시해야 했는데 막막하게만 느껴져서 한동안 머릿속이 복잡했다. 자꾸 어렵게 생각하면 아이디어가 더 떠오르지 않을 것 같아 내린 처방이었다. 길을 걸어갈 때, 아침저녁으로 명상 후에도, 틈이 날 때마다 '쉽다. 아주 쉽다'를 수없이 되뇌곤 했다. 내 주문이 통한 것일까. 서서히 그 일을 담담하게 바라볼 수 있었다. 정말 어렵게만 생각되던 일이 별거 아닌 것으로, 대수롭지 않은 일로 여겨지기 시작했다. 긴장했던 뇌가 말랑해진 탓인지 그 이후에는 순조롭게 일을 풀어나갔다. 이렇게 담담한 시선은 마음의 문턱을 낮추어 부담감을 내려놓는 것에 그치지 않았다. 업무뿐만 아니라 감정적인 상황에서도 톡톡히 그 진가를 드러냈다.

　일을 마치고 집으로 들어가는 길에 엄마에게서 전화가 걸려왔다. 아파트 주차장에 세워 놓은 내 차를 누군가가 박았다는 소식이었다. 그 얘기를 듣고서 크게 놀라지 않았다. '사고가 났어? 주차장에 가 보지 뭐'라고 생각하는 정도? 차를 확인하니 어찌나 세게 부딪혔는지 좌측 라이트 쪽 범퍼가 움푹 파여 심하게 망가져 있었다. 그런데 알고 보니 뺑소니 사고였다. 접촉사고를 낸 차주에게서 연락이 온 것이 아니라 관리사무소에서 CCTV 영상을 보고서 우리 집으로 연락을 취했던 것이다. 관리실 소장님께서는 말하기 껄끄러워하면서 같은 입주민이니 조용히 잘 해결했으면 했다. 하지만 사고를 내고도 전화 한 통이 없다는 것이 한편으로는 괘씸했다.

처음 겪는 사고이다 보니 어떻게 처리해야 할지 몰랐다. 해결방법을 찾는 것이 우선이란 생각에 주변에 처리방법을 물어본 후에야 상대 차주에게 전화를 걸었다. 전화를 받은 사람은 60대 후반은 족히 넘어 보이는 나이가 지긋하신 남자분이었다. 받자마자 보험 접수를 했으니 처리하라는 말뿐이었다. 어떤 사과나 양해를 구하는 한마디 말도 없이….

어르신의 태도에 잠시 당황스러웠지만 이미 일어난 일을 가지고 왈가왈부하지 않기로 했다. 연세가 많으시니 차량에 내 연락처가 있는지 몰랐다는 말씀이 납득이 갔다. 접촉 사고를 내고 어르신도 많이 당황하셔서 그런 것이지 고의로 연락하지 않은 건 아닐 거라고 생각하니 불편했던 마음도 이내 가라앉았다.

이 사고를 처리하는 일련의 과정을 듣고선 친구가 말했다.

"너는 속도 참 좋아!"

구입한 지 1년도 채 되지 않은 차인데 사고가 나서 속상하지 않냐고 했지만 수리하면 다시 복구할 수 있으니 괜찮다고 했다. 일부러 시간 내서 정비공장에도 가야 하고 며칠간은 차를 이용하지 못해서 여러모로 손해가 많다고 했지만 조금 번거로울 뿐 크게 개의치 않았다. 그보다는 사고를 발견하고 바로 연락 주신 관리사무소 분들에 대한 감사함이 컸고, 사람이 다치지 않았다는 것에 더 큰 감사함을 느낄 뿐이었다.

생각해보니 이번 일을 처리할 때의 마음이 그랬다. 어떤 일이든 일어날 수 있다는 생각, 무슨 일이 발생했더라도 어떻게든 결국 해결된다는 것, 그리고 나는 쉽게 잘 해결할 수 있다는 믿음이 있으니 그저 담담하게 반응할 수 있었다. 사고 났다는 얘기에 화들짝 놀라거나 사고처리를 어떻게 해야 할지 몰라서 겁먹지 않았다. 뺑소니 사고라고 자칫 흥분해서 싸움으로 번지거나 이웃과 얼굴을 붉히지 않을 수 있었다. 무엇보다 이러한 상황에서도 내 마음이 괴롭지 않고 편안할 수 있었다.

'담담한 것이 결국 대범한 것이구나.'

담담함은 그 어떤 일도 소란스럽지 않게 받아들이게 한다. 큰일처럼 보이는 무언가를 보통의 것으로 만들어 버린다. 더 나아가 별거 아닌 것, 아무것도 아닌 것으로 바꾸어 버리니 겁날 것도, 두려울 것도 없어진다. 어느새 의연하고 용감한 사람으로 거듭나게 하는 마법을 가졌다고 해야 할까.

뭔가 어려운 상황을 만날 때나 위험이 닥쳤다고 생각될 때 당황하거나 호들갑 떨지 않고 대처할 수 있을 것 같은 자신감이 생긴다. 새로운 일에 도전하거나 변화를 꿈꿀 때도 담담함이 큰 무기가 되어 줄 것이다. 잘 모르면 배우면 되고, 실수하면 고치면 되고, 틀리면 방법을 바꾸면 된다고 가볍게 생각하면 되니까.

담담하다는 것은 부드럽고 조용한 작은 힘인 것 같지만 뭐든 시도하고 부딪쳐볼 수 있는 대범함과 대담함으로 연결된다는 것을 잊지 않아야겠다. 우리, 담담한 마음으로 대범하고 대담하게 살아봅시다!

쉽다고, 괜찮다고 주문을 걸어보세요.
담담한 마음은 별거 아닌 것으로,
의연한 사람으로 만들어주는 힘이 있습니다.

내면 아이에게 말 걸기

혼자 웅크리고 있는 외롭고 가엾은 아이에게
무슨 말을 해 주고 싶나요?

얼마 전, 30대 초반의 독자에게서 메일을 받았다. 내 책을 읽고 자신도 자기 마음을 들여다보고 싶은데 선뜻 용기가 나지 않는다고. 열심히 노력한 끝에 원하던 직장에 다니고 있고, 어느 정도 안정된 삶을 살게 되었는데도 불구하고 마음이 여전히 불안하다고 했다. 내 감정과 대면하는 것이 자꾸만 두렵게 느껴져서 피하게 되는데 어떡하면 좋겠냐는 내용이었다.

비단 그러한 마음으로 살아가는 이가 그녀뿐일까. 생각보다 많은 이들이 자신의 감정에서 도망치거나 억압하면서 눈앞의 현실에만 몰두하며 살아간다. 왜 그런 걸까? 어느 누구도 감정을 다스리고 관리하는 법을 가르쳐주지 않았기 때문이다. 학교에서조차 살아가는 데 꼭 필요한 삶의 지혜를 알려주지 않았기 때문에 내 감정을 적절하게 표현하고, 충분히 해소하는 법을 모른 채 살아가는 것이다.

쉽게 꺼내기 어려운 얘기일 텐데 용기 내어 연락 준 그녀에게 고맙다는 말부터 전했다. 많은 사람들이 자신의 감정을 다루는 것을 어려워한다고, 충분히 그럴 수 있다고 말해주었다. 그리고 조금씩, 천천히 나의 감정을 들여다보는 연습을 해 보자고 하면서 다음의 물음을 던졌다.

"한쪽 구석에서 아주 작고 여린 아이가 웅크린 채 혼자 울고 있어요. 그러한 아이를 마주치게 된다면 난 어떻게 할까요? 그리고 그 아이에게 무슨 말을 해 주고 싶어요?"

아마도 모른 척하고 그냥 내버려두지는 않을 것이다. 무슨 일 때문에 이렇게 울고 있는지, 자세를 낮춰 아이의 눈을 바라보고 물어볼 것이다. 그리고 슬퍼하는 아이를 안심시키며 그 옆을 지킬 것이다. 아이가 울음을 그칠 때까지, 도와줄 방법을 찾을 때까지….

그 아이에게 보내는 진심 어린 눈빛과 따뜻한 위로의 말을 내가 나 자신에게 해 주는 것이다. 바로 내 안의 '내면 아이에게 말 걸기.' 오랫동안 돌보지 않아 외로웠을, 가엾고 애처로운 내면 아이와 화해의 시간이 필요하다.

우리가 아무리 나이를 먹는다 한들 감정은 늙지 않는다. 나이가 들었다고 해서 어렸을 때 느꼈던 불안감, 무서움, 초조함이 사라지는 것이 아니다. 처리되지 못한 감정, 억눌린 감정이 켜켜이 쌓여 내 안에 고스란히 남아있다. 그것을 묵혀두면 해소되지 않은 감정들이 이따금씩 고개를 내밀고 나를 괴롭힌다. 그러다가 눈덩이처럼 불어나 결국엔 폭발해버린다. 그래서 상처 입은 나의 감정을 하나의 인격체로 바라보듯 항상 내면의 어린아이를 돌봐주어야 한다고 그녀에게 말해주고 싶었다.

나중에 들어보니 어렸을 적 그녀는 부모님의 잦은 싸움 때문에 많이 무서웠다고 한다. 늘 화가 나 있는 부모에게 혼이 나지 않으려고 무척이나 애를 썼다. 큰 소리가 날 때면 방에서 꼼짝없이 나오지 않고 공부에만 열중했다. 하지만 아픈 감정을 마주하고 싶지 않아 공부에 집착한다고 해서 그 불안과 우울이 사라지는 것이 아니다. 단지 도망치는 것일 뿐 언제나 내 마음속엔 상처 받은 어린아이가 공포와 불안에 떨고 있다. 성인이 되어 아무리 좋은 직장을 다니고 경제적으로 안정이 되었다고 하더라도 늘 공허감과 마음의 불안은 사라지지 않는 법이다.

그녀는 처음으로 내면의 아이에게 말을 걸었다. "많이 불안했지? 이젠 혼자 내버려두지 않을게. 항상 내가 지켜봐 줄게."라고 말하는 순간 눈물이 펑펑 쏟아졌다고 했다. 부모님에 대한 미움과 원망의 감정을 마주하게 되었고, 그 시절의 내가 너무 안쓰러웠다고 했다. 무섭고 두려운 그 마음을 표현하지 못하고 아프도록 내버려둬서 많이 미안하다고….

지금까지 자신의 감정을 돌보지 않았던 사람이 내 감정과 제대로 직면하는 것이 쉽지 않을 수 있다. 많이 어색하기도 하고 불편할 것이다. 내 안의 분노, 열등감, 무력감, 우울감을 만나는 것이 고통스러울 수 있다. 하지만 그 어떤 감정이라도 그대로 인정하고 수용해 주어야 한다. 나쁜 생각과 감정을 마주한다고 해서 자신을 다그칠 필요도, 창피해할 필요도 없다. 그것은 단지 내가 무엇 때문에 상처

받았고 무엇을 원하는지 알려주는 소중한 신호이니까.

　토라진 아이가 마음을 여는 데까지 시간이 필요하듯 내가 나의 감정에 대해 편하게 이야기하고 이해하기까지 많은 시간이 필요할 것이다. 그렇게 꾸준히 내면 아이에게 말을 걸면서 나의 감정을 마주한다면 상처받은 내면 아이의 아픔을 떠나보내고 치유할 수 있게 된다. 그전처럼 감정들을 묵혀두거나 쌓아두지도 않을 것이다. 조금 더 내 감정에 솔직해지고 표현할 수 있는 용기가 생기는 것은 물론 내 감정을 잘 관리할 수 있다는 자신감마저 가질 수 있다. 이것이야말로 내면 아이와 친해지면서 얻게 되는 큰 결실이랄까.

그 아이에게 해 주고 싶은 말이
곧 내가 듣고 싶은 말입니다.
수시로 말을 걸면서 나의 감정과 천천히,
조금씩 친해지면 어떨까요?

3줄 감사일기의 힘

오늘 내게 감사한 일 3가지를 써 보세요.
무엇에 감사한 하루였나요?

....

....

....

....

'남들은 뭐가 그렇게 좋을까? 나는 그냥 그렇기만 한데….'

뭔가 잘 안 풀리거나 답답한 마음이 들 때, 자꾸만 가라앉을 때, 아니면 울적한 감정이 찾아올 때가 있다. 살다가 문득 그런 시간이 길어지면 행복감을 느끼기 어려울 수 있다. 내 행복의 밀도가 덜하거나 밋밋하게 느껴지던 날이 이어질수록 그것을 회복하기란 더 오랜 시간이 필요한데 그 틈이 생기기 전에 미리 예방하면 좋지 않을까. 혹시라도 그러한 날들이 지속된다면 감사 일기를 써 보라고 권하고 싶다.

길게 쓸 필요도 없다. 딱 3줄이면 된다. 정말 사소한 것에서부터 대단히 감동받은 것에 이르기까지 무엇이든 상관없다. 감사한 생각이 들 때 바로 메모해도 좋고, 하루를 마무리하기 전에 잠시 짬을 내어 써 보는 것도 좋다. 방법이 어떠하든 자신이 편한 대로 하면 된다. 대신 구체적일 것!

그냥 말이나 생각으로만 그치면 그때뿐 빠르게 휘발되어 날아가 버린다. 그래서 직접 손으로 쓰면서 다시 한번 감사하고, 기록으로 남기면서 펼쳐보고 싶을 때 바로 꺼내어 볼 수 있도록 하는 것이다. 나의 경우, 자그마한 예쁜 노트를 마련해서 하루를 정리하는 저녁 시간에 쓰기 시작했다. 웬걸! 처음에는 잘 기억이 나지 않았다. 한두 가지를 떠올리다가 막히기도 일쑤였다. 그렇게 뜸을 들이고 나서야 겨우 하나를 더 떠올려서 3가지를 찾을 수 있었다. 감사 일기를 쓰던 초반에는 일부러 기억을 떠올려야 하는 수고(?)가 필요했는데 그것도 잠시였다. 며칠 익숙해지고 나니 하루를 보내다가 감사함을 느낀 순간, '오늘 저녁 때 이거 적어야겠다' 하고 자연스럽게 쓸거리들이 모이기 시작했다. 어느새 자연스럽게 3가지를 채울 수 있었고 보름이 지나 그 기록들을 보았을 때 벌써 50가지 이상의 감사한 일들이 쌓여 있었다. 그리고 그것이 습관이 되고 나서는 거뜬히 대여섯 가지는 쓸 수 있게 되었다. 쓰는 동안 그때를 떠올리며 미소를 짓게 되고, 다시 마음이 따뜻해진다.

오늘 하루가 힘들었거나 녹초가 되었을 때 다시금 꺼내 들어 지난 날의 기록들을 찬찬히 살펴본다. 그러면 새삼 놀라게 되면서 큰 힘과 용기를 얻게 된다.

'매일매일 감사할 일들이 참 많구나!'

고된 나의 하루에 생기를 불어넣는다. 눅눅해진 마음이 회복되고 새 기운을 얻는다. 그리고 나지막하게 말을 건넨다.

'나에게 이런 행운들이 찾아왔어. 내 삶에 이러한 여러 가지 기쁨이 가득하다구!'

해 본 사람은 감사 일기를 잊지 않는다. 할 때와 안 할 때의 차이가 크니까. 그래서 어느 순간 바쁘다는 핑계로 소홀해질 때, 내 마음에 먼지가 잔뜩 쌓였을 때엔 어김없이 다시 감사 노트를 작성하면서 마음의 때를 벗긴다. 그것이 행복의 자리로 다시 돌아올 수 있었던 비결이라고 할까.

감사 일기를 쓸 때는 내용이 구체적일수록 효과가 크다. 그때의 기억을 생생히 떠올릴 수 있고, 그 기억만큼 당시의 기쁨과 행복의 감정을 다시 한번 느낄 수 있으니까!

◆　　◆　　◆

오늘의 감사한 일을 찾다 보면 매일 나에게
감사한 일들이 참 많이 찾아온다는 걸 알게 됩니다.

별처럼 아름다운 순간들

사진첩을 꺼내어 나를 만나는
여행을 떠나보는 건 어때요?

얼마 전부터 5년 정도 사용한 노트북의 전원이 잘 켜지지 않았다. 화면이 멈춰서 넘어가지 않는 증상들이 나타나 애간장을 태운 적이 여러 번이었다. 그런데 지난 주말에도 중요한 문서를 작성해 두고 몇 시간 동안 화면이 켜지지 않아 등골에 진땀이 흘렀다. 이러다가 하드디스크에 저장된 자료를 언제 날리게 될지 모른다는 불안감에 유료 클라우드 서비스를 이용하기로 했다.

우선 현재 사용하는 노트북에 저장된 파일들을 클라우드에 업로드했다. 그동안 써왔던 글이며 업무자료, 카메라와 핸드폰으로 찍은 사진 등 중요한 자료들을 모두 옮겨 놓았다. 그리고 외장하드에 담아두었던 자료들까지 모두 클라우드에 옮기기로 했다. 소장해야 할 자료들을 모두 한곳으로 통합함으로써 관리하기에도 수월하고 더 이상 기기 이상의 문제로 마음 졸일 필요가 없다고 생각하니 한결 마음이 편했다.

이렇게 한꺼번에 모든 자료를 모아 놓고 보니 꽤 많은 용량의 데이터를 저장하고 있었다. 그중에 눈에 띄었던 것은 연도별로, 월별로 찍은 사진들을 자동으로 정렬하여 확인할 수 있는 기능이었다. 어머나! 까맣게 잊고 있었던 스무 살 무렵의 나를 만나게 될 줄이

야! 지금으로부터 15년 전으로 돌아가 2023년의 나를 만나러 오기까지의 시간 여행이 마침내 시작되었다.

이제 갓 화장을 시작하고 한창 예쁘게 꾸미고 싶었던 스무 살의 나는 스스로가 참 별로라고 생각했다. 서툰 화장 솜씨에 세련되게 잘 꾸미고 예쁘게 치장하는 친구들을 보면 부러웠다. 그런데 이제 보니 어른들이 자주 하신 말씀의 의미를 알겠다. 10대, 20대엔 꾸미지 않아도 순수하고 풋풋한 모습 그 자체로도 충분히 예쁘다는 것을. 곱게 화장하고 멋을 부리지 않아도 청춘의 싱그러움이 자연 조명을 만들어 얼굴을 빛나게 해준다고나 할까. 그때는 전혀 알아보지 못했던 아름다움을 이제야 발견한다. 한참 앳된 모습의 나와 눈 맞춤을 하며 '너도 참 예뻐!'라고 뒤늦게나마 진심 어린 인사도 건네어 본다. 사진 속에는 삶의 중요한 순간들이 고스란히 담겨있었다. 졸업, 기념일, 가족행사 등 보기만 해도 즐겁고 행복한 순간들뿐만 아니라 크고 굵직한 내 삶의 변곡점이 되어준 순간들까지…. 사진 속에 담긴 한 컷 한 컷의 장면들은 그걸로 끝이 아니었다. 그때의 풍경, 분위기, 냄새까지도 살아 숨 쉬어 지금 이 순간에도 가슴 깊이 그대로 전해졌다. 마음이 힘들 때 산에서 많은 위로를 받곤 했는데 이른 새벽 아무도 밟지 않은 눈 덮인 산길을 수놓은 하얀 발자국, 이별의 아픔을 겪은 후 노을 지는 바다를 하염없이 바라보고 있던 내 뒷모습, 혼자서 떠난 유럽 여행에서 지금 이 순간을 기억하자며 이름 모를 외국인 친구와 장난기 넘치게 찍은 사진까지 소중하고 아름다운 순간들이 모두 기록되어 있다.

사진은 말하고 있었다. 내가 느낀 수많은 행복과 기쁨, 아픔과 슬픔까지 모든 걸 품고서 지금의 내가 있고, 지금 여기의 나로 존재하고 있다는 것을. 결국 지나고 보면 모든 순간이 별처럼 빛나는 시간이었고 내 마음에 아로새긴 그날의 추억들이 내 인생을 풍요롭게 만들었다는 것을. 생각지 못하게 15년의 세월을 훔쳐봤다. 스물의 나를 지나 서른일곱의 나와 마주하기까지 긴 세월을 짧은 필름의 영화로 빠르게 압축해 돌려본 듯하다. 그 각본 속 주인공은 바로 '나'였고 그 영화는 매우 흥미진진했다. 단 한 명의 관객인 '나'를 만족시키기에 대단히 성공적이었다. 그리고 또 하나의 기대감에 젖어 벌써부터 설레어온다.

50대 중년의 나는 어떤 모습으로 지금의 나를 기다리고 있을까? 하늘의 뜻을 안다고 하는 지천명을 지날 때 거기까지는 미치지 못할지라도 지금보다 훨씬 더 지혜로운 모습으로, 많은 것을 너그러이 포용할 수 있는 관대한 중년이고 싶다. 그때도 서른 중반의 나를 보며 흐뭇한 미소를 지을 수 있기를….

지금의 나를 만들어준 모든 순간이
별처럼 빛나는 아름다운 시간이었습니다.
그 덕분에 내 삶이 풍요로워졌습니다.

내 미래는
지금의 상황과 상관이 없다

내 인생에서 가장 힘든 순간은 언제였나요?

모든 것을 포기하고 싶은 순간이 있다. 바로 희망이 보이지 않을 때, 결코 끝나지 않을 것 같은 깊은 절망의 수렁 속에 갇혀 있을 때…. 도저히 말로 형용할 수 없고 다시는 만나고 싶지 않은 이러한 시간들이 이따금 우리 인생에 찾아온다.

멀리 사는 중학교 동창에게서 연락이 왔다. 고향에 내려오면 어김없이 얼굴을 보고 담소를 나누는 사이인데 오랜만에 걸려온 친구의 전화가 무척이나 반가웠다. 그런데 평소에 술을 잘 못하는 그녀가 대뜸 맥주 한잔하자고 연락이 왔다. 1년에 술 마시는 날을 다섯 손가락 안에 꼽을 정도로 거의 마시지 않는 친구에게서 그런 말이 나온 건 정말 술이 고파서라기보다는 답답하고 힘든 마음의 발로이지 않았을까. 그녀를 만나 그 표정을 보고 있자니 가만히 있을 수 없었다. 얼른 차에 태워 좋은 곳이 있다며 운전대의 방향을 바꿔 가까운 바닷가로 향했다.

행선지를 모르고 도착한 그곳에서 탁 트인 바다가 한눈에 들어오니 그녀는 조금 놀라는 듯했다. 그러나 철썩이는 파도가 그녀를 이끌기라도 한 것일까. 일렁이는 물결이 손에 닿을 만한 곳까지 말없이 터벅터벅 걸어갔다. 그러고는 끝도 없이 펼쳐진 어두컴컴한 밤

바다를 하염없이 바라만 보았다.

30여 분이 지났을까. 속이 좀 후련해진 것인지 한참을 그렇게 서 있다가 모래 바닥에 털썩 주저앉은 그녀가 말을 꺼냈다.

"이러다 영영 일어나지 못할까 봐, 이런 상황이 지속될까 봐 너무 겁이 나!"

현재 힘든 상황을 보내고 있는 친구가 많이 불안해했다. 몇 개월 전부터 심각한 슬럼프가 찾아왔는데 아무리 빨리 벗어나려 발버둥을 쳐봐도 소용이 없다고, 계속 혼란만 가중될 뿐이라고….

누구나 인생의 큰 시련을 맞이하게 된다. 생각지 못한 불의의 사고, 믿었던 사람의 배신, 경제적 파탄, 여러 가지 뼈아픈 실패들….

그러한 것을 경험하고 나면 꽤 오랫동안 아프고 깊은 상처를 남긴다. 할퀴고 찢긴 마음은 그것이 끝이 아니라 지독한 슬럼프를 겪게 되기도 하고 극심한 무기력증에 빠지기도 한다.

도무지 해결할 방도가 떠오르지 않을 땐 자연에게서 답을 찾는 것이 훨씬 쉽다. 눈앞에서 본 파도로도 알 수 있다. 파도의 물결이 언제나 거칠기만 한 것은 아니라는 걸. 때론 성난 듯이 거센 파도가 밀려오기도 하지만 차분하고 잔잔하게 일렁이는 파도의 시간도 있다.

큰 태풍이 휘몰아칠 때를 떠올려 봐도 그렇다. 전봇대가 쓰러지고 하천이 범람하고 집이 무너져 내리는 큰 강도의 태풍이 갑작스럽게 우리 삶을 침범하기도 하는데 며칠이 지나면 또 언제 그랬냐는 듯이 눈부신 해가 비추고 맑게 갠 날씨들이 이어진다.

이처럼 우리의 인생에도 거대한 난관이 들이닥친다. 삶에 거친 파도나 바람이 몰아치면 우리 또한 흔들릴 것이다. 튼튼한 나무와 집, 전봇대마저 큰 태풍 앞에 버티지 못하기도 하는데 하물며 사람은 어떠하랴. 아무리 건강하고 단단한 사람이라도 내 인생에 찾아온 큰 어려움 앞에서 아무렇지 않을 수 없다. 그래서 내 삶에 큰 소용돌이가 찾아왔을 때 흔들리고 주춤하는 것을 두려워하고 겁내기보다 그 흔들림을 자연스럽게 받아들이는 것이 중요하다. 지금 폭풍 속을 걷고 있는 나 자신은 많이 걱정되고 두렵겠지만 절대 이렇게 끝나지 않는다. 지금의 이 시기가 영원하지 않다. 그래서 지금이 어렵다고 해서 내 미래가 어두운 것이 아니다. 절대 비관하거나 무서워 할 필요가 없다. 결코 내 미래는 지금의 상황과 상관이 없다.

아무리 힘들고 어려운 상황을 겪고 있더라도 이럴 땐 나를 믿어줄 용기와 지혜만 있으면 된다. 내가 나를 포기하지 않는 한, 나 자신을 믿고 기다려 줄 수 있다면 다시 일어설 수 있다. 인간은 생각보다 강한 존재이고, 우리가 이겨내지 못할 시련 따위는 없으니까. 그러니 이 시간 앞에 주눅들지 말고 당당히 이 시간들을 견뎌냈으면 좋겠다. 이 시기가 지나면 곧 내 삶에도 밝은 빛이 떠오르고 눈부시게 맑은 그날이 다가오고 있음을 기억하면서.

잠깐 찾아온 태풍의 위력은 짧고 굵지만 그 후폭풍은 오래간다. 강도가 클수록 단번에 회복되지 않고 복구하기까지 상당한 시간이 필요하다. 어느 날 급습한 삶의 위기를 극복할 수 있는 힘과 믿음을 유지하면서 곧 지나갈 그 시간을 기다려주자. 그러면 얼마간의 시간이 지났을 때 충분히 멋진, 근사한 미래가 펼쳐질 것이다. 이것으로 인해 예전보다 더 단단하고 강인한 사람으로 우뚝 성장한 나를 만날 테니.

내 인생의 힘든 시기를
극복한 당신이
지금 여기에 있습니다.
끝나지 않을 어려움은 없어요.
그동안 잘 지나왔고, 앞으로도
잘 지나갈 것입니다.

빼기와 나누기를 잘하는 것만으로 행복은 배가 된다

내게 비우고 덜어내야 할 것이 있다면 어떠한 게 있을까요?
부족하다고 여겨왔던 것이 있나요?

....

....

....

....

햇볕이 쨍쨍 내리쬐는 한낮의 더위가 심상치 않다. 조금만 움직여도 송골송골 땀이 맺히는 걸 보니 어느새 초여름의 무더위가 찾아왔음을 실감케 한다.

계절이 바뀜으로써 제일 먼저 하게 되는 것은 바로 옷장 정리. 가벼운 긴 팔 차림의 옷을 선보인 지 얼마 되지 않은 것 같은데 이 옷들마저 저 뒤편으로 물러날 차례가 됐다. 오랫동안 안쪽 깊숙이 묵혀뒀던 짧은 옷들을 꺼내 들기 시작했다.

여름옷을 정리하려 꺼내다 보니 생각지 못한 상황을 마주하게 됐다. 얼마 전부터 나는 미니멀리스트의 삶을 추구해 왔던 터라 쇼핑에도 그다지 관심 없고 소비 지출이 많이 줄어든 상태였다. 그래서 정리할 옷이 몇 벌 없을 거라고, 입을 옷들도 몇 가지 여벌의 옷이 전부일 거라 생각했다. 그러나 웬걸. 그 말이 무색하리 만큼 생각지도 못한 많은 옷들이 나에게서 쓰임을 제대로 당하지 못한 채 구겨진 모양새를 하고 있었다. 수십 장의 티셔츠와 여름 바지, 10벌 이상의 원피스와 여름 정장이 끝도 없이 쏟아져 나왔다. 있는지조차 까맣게 잊어버리고 있었던 옷들, 비싸게 구입해 놓고 한두 번 입고 말았던 옷들, 심지어 사놓고 한 번도 입지 않았던 옷들까지도.

내 옷이 이렇게나 많았단 말인가. 한가득 쌓아 올린 옷들을 보며 한동안 어안이 벙벙했다. 그러고 보니 예전에는 "옷이 없어 죽겠어, 입을 만한 게 하나도 없네"라는 말을 입에 달고 살았다. 그런 생각이 들 때마다 쇼핑 리스트를 채우고 구매 버튼을 클릭하기 일쑤였다. 장바구니에 쌓인 옷들을 비우고 채우기를 수없이 반복한 결과 지금의 사태를 맞이한 것이다.

실은 입을 옷이 없었던 게 아니라 부족하다는 생각이 넘쳐났던 것인데…. 가지고 있는 옷들을 살펴보니 정작 필요하거나 좋아서 구매한 것이 아니었다. 해소되지 못한 욕심과 욕망을 꽉꽉 모아놨다가 꾸역꾸역 소비로 분출했던 것이라고 하는 게 더 옳은 표현이랄까.

입지 않는 옷들을 옷장에서 정리하기로 했다. 옷장 가득 채워놓았던 옷들을 비워내고 덜어냈다. 빼곡히 차지했던 공간에 조금씩 여유가 생겼다. 뭐가 어디에 있는지도 찾아보기 어려웠던 옷들을 이젠 쉽게 알아볼 수 있다. 찾기에도 훨씬 수월해 입고 갈 옷을 선택하기도 좋다.

지난 주말, 입지 않을 옷들을 주변에 나누어 주거나 나눔 마켓에 내어놓았다. 이제야 제 주인을 찾고 그 옷들도 제 쓰임을 다하게 되었다. 받는 이의 얼굴에도, 건네주는 내 얼굴에도 웃음이 가득하다. 주말 내내 기쁜 마음과 뿌듯함 속에 머무를 수 있었다.

군이 새것을 사고 계속해서 채우지 않아도 내가 가진 것만으로 충분할 수 있다. 비우고 덜어냄으로써 비로소 내가 가진 것이 많았음을 발견할 기회를 얻는다. 그런데 모두가 자꾸 무언가를 채워야만 더 행복해질 수 있다고 믿는다. 지금 있는 것에서 더하고 더해야 행복이 커진다고 여긴다. 오히려 비우고 덜어냄으로써 느낄 수 있는 행복의 참맛을 내가 간과하고 있는 것은 아닐는지 스스로 살펴볼 때다.

이참에 옷장 한번 점검해 보는 것은 어떨까? 행복은 더하기가 아니어도, 빼기와 나누기만으로도 배가 될 수 있다는 것을 당신도 경험할 테니.

◆　◆　◆

부족하다는 생각만 없으면
나에게 가진 게 많다는 것을 알 수 있습니다.
지금 이대로 충분하고 풍요롭습니다.

남들에게 잘 보이려 애쓸 필요 없다

나는 어떤 부분에서 남들에게 잘 보이려
애를 쓰고 살았나요?

....

....

....

....

생글생글 잘 웃는 귀여운 후배가 있다. 그래서 그녀를 볼 때마다 사람을 기분 좋게 만들어주는 좋은 에너지를 타고난 건 아닐까 하는 생각이 든다. 그 모습 자체로 너무나 예쁘고 사랑스러운 그녀인데 그런 그녀가 외모에 있어서만큼은 굉장히 민감해했다. 누군가에게 얼굴이 좋아 보인다는 말을 들어도 '내가 살쪘다'는 말인가 싶어서 하루 종일 꿀꿀한 기분으로 침울하게 보낸다고 했다. 그래서 며칠 동안 굶기도 하고 하기 싫은 다이어트를 억지로 하다 보니 스트레스가 이만저만이 아니라고.

그런데 그 누군가가 던진 그 말이 정말 살쪘다는 의미였을까. 얼굴이 환하고 생기가 돌아서, 그 모습이 정말로 보기가 좋아서 던진 말일 수도 있는데 혼자서 살쪘다는 의미로 치환해버린 건 아닐까. "너 지금 예뻐. 정말이야"라고 진심을 다해 말해도 그녀의 눈빛을 보니 자신을 위로하기 위한 인사말로 여기는 듯했다.

친절함이 몸에 밴 또 다른 친구가 있다. 다른 이에겐 큰 장점으로 보였던 그녀의 성격을 그녀는 마음에 들어 하지 않았다. 그것은 어렸을 적부터 부모님에게서 '사람들에게 친절해야 한다. 깍듯이 예의를 갖춰야 한다'는 소리를 듣고 자란 학습의 결과이지 자신의 장점이 아니라고 했다. 무례한 사람을 만나도 그 앞에서까지 친절하고 착하게 행동해야 할 것 같은 스스로의 강박이 있다고…. 밝은 미소와 상냥한 태도는 상대를 존중하는 최고의 표현이나 정도가 지나친 사람에게까지 필요 이상의 친절을 베풀면서 정작 자기 자신의 감정은 소홀히 대하는 것이 과연 맞는 걸까.

많은 이들이 다른 사람의 말이나 시선에 민감하다. 나 역시도 그랬다. 어렸을 때부터 착하다는 말을 많이 들었고 그에 벗어나는 행동을 하지 않으려 했다. 하지만 어느 순간 깨달았다. 누구나 좋아하고 모두에게 좋은 사람일 순 없다는 것을, 그것은 도달할 수 없는 욕심일 뿐이란 걸.

다른 사람에게 잘 보이려 애를 쓰고 많은 사람들을 신경 쓰다 보니 긴장된 삶을 살아가는 이들이 많다. 더 멋지고 괜찮은 사람으로 보이고 싶어서 스스로를 옥죄며 살아간다. 타인이 내리는 평가 -그것이 정답도 아닌데- 그에 맞춘 삶을 살 필요가 있을까.

우리가 진정 생각해야 할 것은 타인이 아닌 나에게 맞추어진 삶이다. 타인이, 사회가 원하는 옷을 입는 것이 아니라 세상에 유일한, 나만의 개성으로 나에게 맞는 편안한 옷을 입는 것이다. 남과 비교하지 않으면, 그 기준을 '나'에게 두면 삶을 가볍게 살아갈 수 있는데 '타인의 시선과 사회적 잣대'라는 틀 안에 스스로를 가두고 있다. 그러니 답답하고 갑갑할 수밖에. 오로지 나답게, 그저 내 식대로 살

아가면 되지 않을까. 남한테 잘 보이고 싶다는 마음을 내려놓으니 삶이 훨씬 편안해지고 자유로워졌다.

간혹 타인이 신경 쓰일 때면 "남과 비교하는 상대적 기준이 아닌 절대적 기준으로 삶을 살아가라"고 하신 고(故) 강영우 박사의 말을 떠올린다. 그는 부모님을 일찍 여의고 중학생 시절 사고로 시력을 잃고 말았는데 어려운 역경에도 불구하고 미국 피츠버그대 박사, 백악관 국가장애위원회 정책 차관보, 노스이스턴일리노이대학교 특수교육학 교수를 역임했다. 비장애인과 비교하면 언제나 늦을 수밖에 없고, 제약이 많을 수밖에 없었기에 그는 남과의 비교가 아닌 어제의 나라는 절대적인 기준에서 늘 자신을 바라보았다. 그 기준으로 나를 지켜본다면 언제나 희망적이고 성공적일 테니.

남들이 정해놓은 틀 안에 굳이 나를 맞추려 하기보다 소신을 가지고 자신의 길을 걸어가는 이들의 삶을 더욱 응원하게 된다. 자신보다 타인이 좋아하는 모습을 보여주려고 부단히 노력하는 사람보다 스스로에게 솔직하고 자신을 존중해 주는 사람이 더욱 빛나고 아름다운 법이다. 그러니 내 부족함이 들킬까 봐 전전긍긍하지 말고 남들에게 맞추려고 애쓰지 않아도 괜찮다. 즐겁고 유쾌하게 살기에도 부족한 시간에 다른 사람 눈치 볼 거 없이 나만 좋으면 그만 아닌가, 남에게 피해만 주지 않는다면. 그러한 삶이 얼마나 후련할까, 얼마나 개운하겠는가!

칭찬도, 욕이나 비난도 단지 그 사람의 생각일 뿐입니다.
타인의 인정을 바라기보다 내가 나를 인정해주는 건 어때요?

감정 포옹

나는 부정적 감정들을
어떻게 처리하나요?

살면서 불쑥불쑥 부정적인 감정을 맞닥뜨린다. 내 마음대로 되지 않아 짜증이 날 때, 타인 때문에 분노가 치밀 때, 다른 누군가에 의해서가 아닌 나 스스로에게 실망감이 들 때…. 물론 그때뿐이랴. 도대체 어디서부터 시작되었는지 모를 정체불명의 감정들이 걷잡을 수 없이 커지면서 내가 감당하기 어려운 지경에 이르기도 한다. 아무리 밀어내고 떨쳐내려 해도 사라지기는커녕 오히려 내게 딱 붙어 한 몸이 된 채 살아가게 될지 모른다. 나에게 기생하는 이러한 감정들이 나를 집어삼킬까 봐 때로는 두렵고 불안하고 무섭기까지 하다.

나는 하루에도 몇 번씩, 어쩌면 일생 동안 마주하게 될 불편하고 거북한 이러한 감정들과 친해지기로 했다. 내가 그렇게 결심한 이후로 부정적 감정이 찾아올 때면 그것을 허용하고 인정해주었다. 감정을 허용하고 인정해준다는 것이 무슨 말일까. 우선 '부정적'이라고 이름 붙인 감정들에 그 꼬리표부터 떼었다. 내가 느끼기에 다소 유쾌하지 않은 감정들, 찾아오지 않았으면 하는 부담스러운 감정일지라도 그것을 있는 그대로 받아들이고 수용해주었다. 슬픔, 미움, 분노, 절망, 외로움, 우울함, 불안, 두려움 등의 감정들에 대해서 '나쁘다', '밉다', '피하고 싶다'라고 안 좋게 생각하는 것이 아니라 나에게 찾아온 이 감정들을 소중히 다루어주자고 생각했다.

'지금 내가 두려워하고 있구나. 내가 불안해하는구나. 화가 났네. 미워하는구나' 하면서 그 감정을 끌어안아주는 것. 나는 이것을 '감정 포옹'이라고 말하고 싶다. 그래서 이러한 감정들이 찾아오면 긍정적인 감정만큼이나 따뜻하게 안아주고 포용해주기로 했다.

'그런 감정을 느낄 수 있지. 괜찮아. 괜찮아' 하면서 어떠한 감정이라도 적대시하지 않고 따스하게 품어주는 것이다. 그러면 내 감정도 위로받고 있음을 아는 걸까. 어느새 불편했던 감정이 사르르 녹아내리듯 잔잔하게 가라앉는다. 그러다가 아쉬움 없이, 남김없이 떠나간다. 찌꺼기와 상처를 남기지 않고서.

그렇게 나 자신이 나의 감정들을 충분히 보듬어줄 때 반갑지 않다고 생각했던 그 감정에 머무르는 시간이 자연스럽게 줄어들었다. 어찌하지 못해 괴로워하던 상황 혹은 흥분된 감정 상태에 빠져 있는 것이 아니라 나의 감정을 자각하고 알아차린 순간 사랑으로 감싸고 잠잠히 끌어안아주는 것이다. 내가 먼저 그 감정에 손을 내밀 때, 내 품을 활짝 열어줄 때 감정도 내게 조용히 화답한다. 나를 침체시키고 바닥까지 끌어내리던 에너지가 자연스럽게 차오르기 시작하는 것으로…. 그렇게 감정이 서서히 회복되면서 마음의 평온을 다시금 되찾는다.

세상의 모든 것은 존재 자체로 가치 있고 소중하듯 내게 찾아온 모든 감정도 소중하다. 불필요한 감정이란 없다. 나의 성장과 성숙을 위해 찾아온 귀한 선물인 것이다. 그러니 충분히 인정해주고 따스하게 품어주어라. 이러한 다양한 감정들을 경험하면서 나와 상대와 세상을 깊이 이해할 수 있다. 그래서 나는 살아 숨 쉬는 동안 느낄 수 있는 수많은 감정을 마음껏 경험하고 싶다. 그것으로 내 삶이 다채로워지고 풍요로워지는 법이니까. 그렇게 나는 내 안의 모든 감정을 끌어안는다.

◆　◆　◆

내가 느낀 모든 감정들은 소중합니다.
내 감정을 따뜻하게 안아주세요.

감정 회복의 4단계

기분 전환을 위해 사용하는 나만의 방법으로
어떠한 것이 있을까요?

보통 내가 어두운 감정에서 회복되는 단계를 설명하자면 다음의 과정을 거친다.

자각 → 인정 → 선택 → 변화

먼저 나의 감정을 자각하는 단계이다.

슬프다, 억울하다, 화가 난다, 두렵다 등등의 다양한 감정들을 인지하는 순간이다. 지금 내가 느끼고 있는 감정들을 자각하게 되면 내게 찾아온 그 감정을 인정해 주는 것이다. 이 단계가 바로 앞서 말한 '감정 포옹'이다. 나의 감정을 인정하고 포용해 주는 것.

'내 마음을 몰라줘서 슬퍼. 충분히 슬퍼할 수 있지. 괜찮아. 괜찮아.'

'그 사람에게 오해받아서 억울해. 충분히 억울할 수 있지. 괜찮아. 괜찮아.'

'그 사람이 속여서 화가 나. 충분히 화날 수 있어. 괜찮아. 괜찮아.'

'어떻게 해야 할지 잘 모르겠어. 그래서 두렵구나. 충분히 두려울 수 있어. 괜찮아. 괜찮아.'

감정도 하나의 인격체인 것처럼 존중해 주는 것이 핵심이랄까.

그렇게 지금의 내 감정을 끌어안아 주면 격한 감정이 서서히 가라 앉는다. 그러한 감정을 느낄 수 있다고, 느껴도 괜찮다고 안심시키면 출렁이던 감정의 물결이 잔잔해진다. 감정이 충분히 이해받았다고 생각하면 내 감정의 소란이 잦아드는 것에 그치지 않는다. 내 감정도 이해받았으니 상대의 마음까지도 헤아려 볼 수 있는 아량마저 생겨난다.

'그의 입장에서는 그럴 수 있겠구나. 일부러 나를 괴롭히려고 그런 건 아닐 텐데.' 하고 나의 감정뿐만 아니라 상대방도 품을 수 있는 여유까지도 가질 수 있다고나 할까.

감정을 충분히 이해하고 나면 '그렇다면 이젠 어떻게 해야 할까?' 하고 선택하는 단계이다.

'계속 이렇게 슬퍼하고 있을 것인가? 아니면 이 슬픔에서 벗어날 것인가?'

'화가 나는 감정에 머무를 것인가? 아니면 밝은 기분으로 전환하고 싶은가?'

이 감정을 유지할 것인지 아닌지에 대한 선택권이 주어진다. 이 선택권이 나에게 있음을 인지하면서 감정의 주인이 '나'임을 확인할 수 있다. 주도적으로 상황을 이끌어갈 수 있는 것은 물론 상황을 반전시킬 수 있다.

지금 이 상황에서 어떻게 할지에 대해 질문의 답은 뻔하다. 결국 자신이 기분 좋아지기를 바라는 선택으로 이어지기 때문. 즉, 감정을 알아차리고 충분히 허용한 후 선택권을 발동시키기. 그러니 어두운 감정이 찾아오더라도 나쁜 것이 아님을 안다. 단지 기분 좋은 생각으로 전환하라는 '신호'로 인식하면 되니까. 그래서 그 어떤 감정도 환영할 수 있다.

내 기분을 좋게 만들기 위해 지금 이 순간, 무엇이든 선택하면 되는 것이다. 빨래를 하거나 설거지를 할 수도 있고 내가 좋아하는 음악을 듣거나 큰 소리로 노래를 불러도 된다. 재미있는 개그 프로그램을 봐도 좋다. 나의 경우, 산책을 나가 무작정 걷는다. 걷다 보면 머릿속 생각이 정리되고 차분해지면서 기분도 상쾌해지니까. 아니면 방탄소년단의 영상을 보면서 기분을 끌어올리곤 한다. 무대 위에서 열정을 다하는 프로다운 모습, 에너지 넘치는 무대를 보면 힘이 불끈 생긴다. 나도 무언가 하고 싶은 욕망을 샘솟게 하면서 할 일을 찾게 된다. 또 한 가지는 감사 노트 펼쳐 보기. '나에게 이러한 감사한 일이 많구나'를 알게 되면서 감정을 변화시키는 것이다.

그렇게 기분이 좋아지는 선택을 하면 자연스럽게 변화 단계에 이른다. 조금만 지나도 그전에 느끼던 감정은 사라지고 어느새 웃고 있는 나를 발견하게 된다. 그렇게 어두운 감정에 머무르며 침체되어 있는 시간을 줄여나갈 수 있다. 이러한 과정을 반복하며 좋은 기분으로 회복하는 것이다.

언제, 어디서든 나를 불쾌하게 하는 감정들이 찾아올 수 있다. 그 어떤 감정이 찾아오더라도 감정의 주인은 나란 걸 알고 선택권이 항상 나에게 있음을 잊지 않는다면 걱정할 필요가 전혀 없다. 즐거운 감정, 기쁨의 상태로 언제든 돌아올 수 있으니.

어두운 감정은
기분 좋은 생각으로
전환하라는 신호로
받아들여 보세요.
내가 가진 다양한 무기로
감정을 빠르게
회복할 수 있습니다.

내 삶에 등장한 모두가 나의 소중한 인연입니다.
상대를 향한 마음이 곧 나를 위한 행복입니다.

PART 3

온통 내 마음에
들지 않는 사람들
뿐이라도

풍요는 물질에서 오는 것이 아니다

나는 지금 풍요로운가요?
아니면 결핍을 느끼고 있나요?

....

....

....

....

"이번 달에도 돈 들어오기가 무섭게 카드 값으로 다 빠져나가네. 한 달 동안이나 고생해서 월급 받으면 뭐 해요! 통장이 텅장이 되어 버리는 건 순식간인데….”

"많은 급여를 받을 텐데 그래도 부족해?"

"뭐 좀 하려고 해도 다 돈이잖아요. 이거 하나 사려고 찾다 보면 또 다른 무언가가 필요하고…. 남는 게 없어요.”

카페에서 차를 마시던 중 카드 결제 알림 문자를 받은 후배의 입에서 볼멘소리가 흘러나왔다. 대기업에 다니는 그녀의 임금이 결코 적지만은 않을 터인데 부족하다고 푸념하는 그녀의 목과 귀에 걸린 액세서리가 유난히 반짝여 보였다. 그리고 품 안에 소중히 안고 있는 새로 산 명품 가방이 유독 내 눈에 띄었다.

그녀와 헤어진 후 집으로 돌아오는 길에 줄곧 '풍요'에 대해 생각하게 되었다. 풍요라는 것은 넉넉함을 말하는데 사람들은 그 넉넉함을 돈이나 물질과 직결해 이야기하는 것이 대부분이다. 그런데 풍요라는 것이 정말 물질, 돈을 말하는 걸까.

풍요가 돈이라면 돈이 많은 사람은 모두가 풍요를 느껴야 한다. 하지만 아무리 큰돈을 벌고 많은 돈을 소유하고 있어도 늘 부족하다고 여기고 쫓기듯 허덕이며 사는 사람이 있다. 10억이 있어도 50억을 생각하며 가난하다 여기는 사람이 있고, 50억이 있어도 100억을 가지지 못했다는 것에 결핍을 느끼는 이도 많다.

반면 가진 게 별로 없어도 풍요롭게 사는 사람이 있다. 설령 다음 달을 살아갈 돈이 없어도 오늘을 살아갈 수 있다는 것에 풍요를 느끼는 사람. 내 친구 중에도 바로 그러한 이가 있다. 학자금 대출부터 시작해서 집안의 빚을 갚느라 오랜 기간 고생했는데 빚을 청산한 순간 가진 재산이 없어도 오늘 하루 굶지 않고 밥을 먹을 수 있다는 것, 일을 해서 돈을 벌 수 있다는 것에 진심으로 행복해했다. '나는 자연인이다'라는 프로그램에 나오는 분들을 보아도 한때 많은 돈을 벌고 성공했던 삶보다도 자연을 벗삼아 스스로 먹을 것을

구하고 내 몸 하나 누일 수 있는 작은 공간만 있어도 누구보다 큰 기쁨을 느끼고 안락함을 누리며 살아간다.

나 또한 일을 그만두고 절에서 지낼 때가 있었다. 내 통장에는 잔고가 얼마 남지 않았고 매달 지출만 있었을 뿐이다. 그런데 그 어느 때보다 마음이 편안했고 충만했다. 마음이 풍족하기만 했다. 그래서 알게 되었다. 돈을 벌 때보다 벌지 않아도, 수입은 없고 지출이 많은 상태에서도 풍요로울 수 있다는 것을. 그러나 많은 돈을 소유하고 있어도 부족하다, 더 필요하다, 더 벌어야 한다 등의 생각으로 '더더더'를 외치고 있으면 오히려 결핍만을 경험할 뿐이라는 것을.

내 경험에 비추어 보면 내가 가진 것에 감사하고 만족하며 풍요로움을 느끼고 있을 때에는 오히려 예상치 못한 풍요들이 여기저기서 찾아왔다. 잡지사에서 원고 청탁이 들어와 부수입이 생긴다거나 국가에서 운영하는 PC/휴대폰 보안 점검 무료 서비스를 받았는데 상품권이 당첨되기도 했다. 은행에 적금을 가입하며 응모한 이벤트 덕에 에어프라이어에 당첨되는 행운을 얻기도 했다.

이처럼 풍요는 '물질'에서 오는 것이 아니라 '지금 이 순간의 풍요를 느끼는 것'에서 온다. 현재 내가 가진 것에 만족하고 감사해하며 풍요와 평온을 느낀다면 이 사람은 앞으로도 풍요롭고 평온하게 살아갈 것이다. 하지만 지금 이 순간, 결핍과 부족함을 느끼고 있다면 앞으로도 풍요롭지 못할 것이다. 결핍되고 허기진 삶이 계속될 뿐이다.

곰팡이 핀 반지하방, 여름엔 뜨겁고 겨울엔 차디찬 옥탑방에 있어도 지금 이대로의 나를 존중하고 지금 여기에서 만족하는 사람은 그 속에서도 풍요와 행복을 찾을 수 있다. 그러나 호화로운 집, 값비싼 차, 화려한 옷과 액세서리를 소유하고 있어도 내 마음이 늘 부족하다 여기고 결핍을 느끼면 언제나 불행한 법이다. 그러니 풍요는 물질이 아니다.

풍요는 물질에서 오는 것이 아니라
지금 이 순간의 풍요를
느끼는 것으로부터 시작됩니다.
내가 가진 많은 것에
만족하고 감사하세요.

'나이 듦'에 대하여

나이가 들면서 달라진
몸의 변화가 있습니까?

얼마 전부터 엄마에게 큰 통증이 찾아왔다. 어깨부터 왼쪽 팔까지 시리고 저린 증상이었다. 처음 며칠간은 불편한 정도의 아픔을 느끼시더니 나중에는 밤잠을 못 이룰 만큼 통증이 심각해졌고, 급기야 응급실까지 찾게 되었다. 평소 아프다는 내색을 잘 안 하던 엄마가 그렇게 소리치며 아파하시는 모습을 처음 봤다. 마음 같아선 내가 그 고통을 덜어드리고 싶은데 대신 아파줄 수도 없고 엄마 옆에서 그저 손을 꼭 잡아드리는 것 외엔 달리 할 수 있는 것이 없었다. 겉으론 태연한 척했지만 속으론 안절부절 어쩔 줄 모르던 그날을 생각하면 아직도 얼마나 아찔한지….

더군다나 병원마다 각기 다른 진단과 처방을 내놓아서 더욱 혼란스러웠다. 그래도 공통적으로 하신 말씀은 오랫동안 사용해 오면서 신경이 눌려 염증이 생긴 것이니 한동안 치료가 필요하다고 했다. 몇 번의 시술과 치료를 받으며 증상이 조금 호전되었다. 하지만 여전히 시린 증상 때문에 한여름에도 팔을 두꺼운 담요로 감고 있어야 했고 손끝의 신경이 예전 같지 않게 둔하다 하셨다. 그러다가 아침저녁으로 제법 쌀쌀해진 탓에 증상이 심해진 건지 다시 병원을 찾게 되었다.

저녁 무렵이 돼서야 집에 들어온 나는 병원은 잘 다녀오신 건지, 상태가 어떠한지 여쭤보려 엄마 방에 들어가려고 하는 순간, 방의 문틈 사이로 혼자 흐느끼고 계신 엄마를 발견했다. 한참을 말없이 바라보다 조용히 발걸음을 내 방으로 돌렸다.

며칠 후 엄마의 심정을 들어볼 수 있었다.

"너희들한테 짐이 안 되려고 건강만큼은 꼭 챙기고 아프면 안 된다고 생각했는데…. 나이가 드니 어쩔 수 없나 봐. 젊었을 땐 무거운 짐도 번쩍번쩍 잘 들었는데. 이렇게 계속 아프고 힘없이 늙어가면 어떡하니."

이미 수개월간 병원을 쫓아다니며 고생도 하고 치료비도 만만치 않았는데 또다시 통증이 깊어지니 들어갈 병원비가 부담이 되셨나 보다. 앞으로 겪어야 할 육체적 고통에 대한 두려움은 물론이거니와 자식들에게 걱정 끼친 것에 대한 미안함, 나이 듦에 대한 서글픔이 한꺼번에 찾아왔다고나 할까.

엄마에게 어떤 말을 건네면 좋을지를 고민하다 보니 이건 나를 위한 질문이기도 하다는 생각이 들었다. 나이를 먹는다는 것은 특정 나이에 국한된 것이 아니라 태어나면서부터 시작되는 하나의 과정이고 노화나 질병은 어차피 나도 겪어야 할 일이니까.

나이가 들어 감에 따라 젊을 때와 비교하면 많은 것이 바뀌게 된다. 외모적으로도 그렇고, 체력적으로도 힘에 부친다. 생각지 못하게 찾아온 몇 가지 질병과 남은 일생을 함께 살아가야 할지도.

'예전과는 다른 나의 모습을 어떻게 받아들일지, 어떤 관점으로 바라볼 것인지가 앞으로의 삶의 행복지수를 크게 결정짓겠구나!'

언젠가 《미움받을 용기》의 저자로 유명한 기시미 이치로가 노화를 '퇴화'가 아닌 '변화'로 받아들여야 한다는 글을 읽은 적이 있는데 전적으로 동감했다. 퇴화라 함은 어떠한 부분의 기능을 잃게 되거나 쇠퇴해 가는 것에 초점이 맞춰지다 보니 아무래도 부정적인 인상이 강하다. 우리 모두가 노화를 나이 듦에 따라 찾아오는 '자연스러운 변화'로 인식한다면 더 이상 노화에 대해 우울해하거나 슬픔에 젖어있지 않을 수 있지 않을까?

생각해보건대 '나이 듦'에 대하여 할 수 있는 말은 지금 내가 할 수 있는 것에 대한 기쁨과 감사함을 느끼고 현재를 행복하게 보내자는 것뿐이다. 진부하기 그지없는 말이지만 그것이야말로 진정 삶을 유쾌하고 즐겁게 보낼 수 있는 방법이랄까. 분명 예전에 가능했던 것들이나 할 수 있는 것들이 점점 줄어들 것이다. 그렇다고 해서 행복이 줄어드는 것은 결코 아니다. 현재의 내 모습과 몸 상태로 지금 내가 할 수 있는 것들을 하면서 그것을 할 수 있음에 감사함을 느낀다면 충분히 많은 기쁨을 얻고 계속해서 즐거운 삶을 살아갈 수 있다.

그리고 잊지 말아야 할 건 '건강했던 나'와 비교하지 않기! 그리고 가족이나 주변의 도움에 미안해하지 않기! 자녀에게 은혜를 갚을 기회를 주는 것만으로도, 누군가에게 도움을 베풀 기회를 준다는 것만으로도 내 존재 자체가 많은 이들에게 큰 기쁨과 보람을 줄 수 있을 테니.

마지막으로 엄마에게 이 말을 전하고 싶다. 하지 못할 일, 오지 않은 미래를 미리 걱정하고 염려하기보다는 '살아있는 오늘'에 하고 싶었던 것, 할 수 있는 것, 지금 여기서 즐길 수 있는 기쁨을 마음껏 누리시라고. 엄마에게 바라는 것은 그뿐이라고….

나이 듦은 자연스러운 현상이에요.
과거의 나와 비교하지 말고
현재의 내 모습을 아끼고 사랑해주세요.
지금 나의 조건에서도 충분히 행복할 수 있습니다.

오늘의 배움 3가지

오늘 내 삶에 어떠한
배움이 찾아왔나요?

....

....

....

....

삶이 매일매일 신나는 일로 가득하고 재미있기만 한 것은 아니다.

어느 순간 안정이 되면 익숙해지고, 익숙해지면 재미가 떨어진다. 그러면 익숙함이 진부함으로, 진부함이 곧 지루함으로 바뀐다. 그러한 감정들이 찾아올 때면 이 감정들을 이렇게 받아들이기로 했다. 내게 작은 시도나 변화가 필요한 시기란 걸 알려주는 신호라고.

건조한 삶 속에서 명랑함을 되찾기 위해 오늘 하루 동안 내가 배운 것 3가지를 작성해 보기로 했다. 배움이란 것이 지식의 습득만을 의미하지 않는다. 일상 생활 속에서 오늘 새롭게 나에게 다가온 배움까지 모두 포함하는 것이다.

예를 들면 이러한 것들이다. 밥을 대체할 수 있는 건강에도 좋고 맛도 좋은 두부와 계란을 이용한 새로운 요리법을 배운 것, 건물 청소를 담당하시는 아주머니께서 보이지 않는 곳까지 세심하게 청소하시는 모습을 보며 맡은 일을 대하는 태도와 성실함을 배울 수 있었다. 또 다른 예로 아파트 1층 현관에서 할아버지의 손을 잡고 있는 세네 살쯤 돼 보이는 어린아이를 발견했다. 그 아이에겐 하나의 미션이었을 여섯 계단이 기다리고 있었다. 아이는 평지까지 내려오는 동안 걸음을 내딛을 때마다 하나씩 숫자를 세었다. 청량한 목소리로 "1(이~일), 2(이~), 3(사~암), 4(사~아), 5(오~)" 하며 무사히 잘 내려왔고, 마지막 걸음에서 "6(유~욱)!"이라고 외치는 경쾌한 목소리에서 아이의 기쁨이 느껴졌다. 숫자 하나 하나를 바르게 셀 수 있다는 것과 스스로의 힘으로 안전하게 계단을 내려온 자신에게 성취감을 느끼는 모습이 얼마나 해맑던지! 실패가 두려울까 망설이고 걱정하는 마음이 없는, 순수하고 용감한 도전 정신이 얼마나 아름다운지를 어린아이를 보며 다시 한번 배울 수 있었다.

이렇게 배움은 언제 어디에서나 찾아온다. 즐겨 보는 드라마나 영화에서도 찾을 수 있고, 학습을 통해서, 길에서 만난 어린아이의 모습에서도 배움을 얻을 수 있다. 그렇게 며칠을 지내다 보면 '오늘은 무엇에서 배울까?'에 대한 기대감을 갖게 한다. 또는 '오늘은 이것에 대해 배워야겠다'라는 의지를 돋게 하고 동기를 부여한다. 그래서 밋밋하고 지루할 수 있는 일상에 활기를 불어넣는다.

〈대화의 희열〉이라는 프로그램에 출연했던 신지혜 기자는 '오늘 내가 처음 해 본 것'에 대해 기록한다고 했다. 의외로 처음 해 보는 것들이 많다고 하면서 그것이 나의 하루에 많은 에너지를 부여해준다고 말했던 바 있다.

오늘 내 삶이 지루하다면, 매일 사는 게 똑같이 느껴지고 따분하다면 '오늘의 배움 3가지'를 찾아보면 어떨까? 하나씩 찾다보면 '오늘도 나는 어제보다 성장했구나, 오늘 내 삶에 이러한 재미가 찾아왔구나'라는 것을 발견할 수 있다. 곧 내일이 궁금해지고 내 인생에 대한 기대가 더해진다. 다시금 삶에 대한 애정이 샘솟게 된다고나 할까.

◆　◆　◆

단 하루도 배우지 않는 날이 없습니다.
모르는 사이, 우리는 매일 성장하고 있음을 알게 될 거예요.

내 마음거울은 들여다보고 있습니까?

내 마음거울은 무엇을 비추고 있나요?
어둠과 밝음 중에 어느 쪽을 향하고 있나요?

한낮의 기온이 30도를 거뜬히 넘어가는 무더위가 기승을 부리고 잦은 비 소식에 습도까지 높은 날들이 이어지고 있다. 불쾌지수가 올라가는 요즘 같은 때에는 작은 일에도 민감하고 예민해지기 쉽다.

　친한 언니한테서 오랜만에 전화가 왔다. 어떻게 지내냐는 짧은 물음과 함께 자기 이야기를 쏟아내기 시작했다. 분명 내가 어떻게 지내는지 궁금해서 전화했다고 했는데 정말 내 안부가 궁금해서였다기보다는 자기 이야기를 시작하기 위한 포문을 열기 위함에 지나지 않았다고나 할까. 그녀는 내 대답을 제대로 듣기도 전에 혼자서 많은 이야기를 긴 시간 동안 풀어놓았다. 한마디로 요약하자면 요즘 날씨만큼이나 마음의 변덕이 심하고 신경질 나는 일이 많아서 괴롭다는 심정의 토로였다.

　언니의 말은 이랬다. 회사에서는 상사가 자기에게 비꼬듯이 말을 해서 자꾸만 거슬리고 집에서는 아이들이 점점 내 말을 안 듣고 말썽을 피워서 자주 화를 돋운다고, 근래 남편과도 말다툼이 잦아져서 많이 지친다고 했다.

　"왜 전부 나한테 난리야? 다들 왜 나를 괴롭히냐고!"

　언니의 이야기를 조용히 들어주다가 마침내 천천히 입을 열었다.

"언니 그동안 많이 힘들었겠구나. 정말 속상했을 거야. 그런데 그거 알아? 한 시간 동안 통화하면서 언니 입에서 긍정적인 말은 나오지 않은 것 같아. 불평, 불만의 말밖에 들을 수가 없었어. 그렇다면 언니의 마음거울을 한번 들여다봐야 하지 않을까? 지금 내 마음의 파장이 어떤지 살펴볼 필요가 있는 것 같아."

내 말을 듣고 잠시 멈칫하는 것 같았다. 약간의 어색한 정적이 흐른 뒤 그렇게 하겠노라며 통화를 마무리했다. 그녀의 음성에서 지금의 고충을 충분히 느낄 수 있었다. 많이 지쳐 있는 상태였다. 하지만 그 괴로움이 과연 상대 때문에 생겨난 것일까? 살면서 화나는 일도 짜증 나는 일도 일어나기 마련이다. 하지만 내 마음이 맑은 날은 그 어떤 말에도 웃으며 넘길 수 있고 상대를 받아줄 수 있다. 하지만 내 마음에 먹구름이 가득하다면 상대의 가벼운 말 한마디가 내게 가시처럼 박히고 아무것도 아닌 것에 버럭 언성을 높인다.

며칠 뒤 전화가 왔다.

"네 말을 듣고 찬찬히 생각해봤어. 아니나 다를까 최근에는 좋은 일에도 고맙거나 즐거워하기보다는 조금이라도 내 마음에 들지 않는 게 있으면 그것에 대해서만 계속 얘기하고 성질을 내더라고. 내 마음이 그러하니 애들 장난도 못 받아주고 누가 나한테 던지는 가벼운 농담에도 날을 세우더라. 다른 사람에게 뭐라 할 게 아니라 내 마음이 문제였어."

그전엔 자각하지 못하다가 반성을 많이 하게 되었다고 한다. 나 역시 그런 마음일 때가 있었다. 인간관계가 너무 안 풀리고 자꾸만 상황이 꼬이기만 해서 굉장한 스트레스를 받고 있던 어느 날 스님께서 내게 해 주신 말이 있다. 상대의 행동이 바뀌고, 상황이 달라졌다면 바로 내 마음의 파장이 달라졌기 때문이라고….

그때서야 알았다. 어떤 일이 잘 안 풀릴 때, 나를 힘들게 하는 상황으로 자꾸 내몰릴 때, 주위 사람들 때문에 내가 괴롭다고 느낄 땐 그 환경이 나를 이렇게 만든다고, 그 사람이 문제라고 탓할 때가 아니라 내 마음의 거울을 들여다볼 때라는 것을.

혹시 지금 당신도 그러하다면 문제 많다고 여겨지는 주변을 둘러볼 것이 아니라 내 마음거울을 들여다볼 때이다. 현실을 왜곡하지 않고 있는 그대로 바라볼 수 있는 지혜가 있는지, 내 마음 바탕이 깨끗한 상태인지를 점검해야 한다. 눈에 보이지 않는다고 해서 내면에 쌓인 먼지를 그대로 내버려두면 제일 괴로운 건 나 자신이고, 인생 전체가 피곤해진다. 그래서 마음 청소가 필요한 것이다. 내 마음거울에 불평, 불만의 먼지들이 쌓이지 않도록 자주 들여다보고 관리해주어야 한다. 현실은 내 마음의 투영이라 했듯이 밝은 미소로, 감사하는 마음으로 내면의 거울을 깨끗하게 관리한다면 나 자신도, 내 주변도 밝게 비출 수 있음은 자명한 일일 테니까. 오늘 한 번 내 마음거울을 들여다보는 것이 어떨까?

수시로 들여다보며
내 마음거울을 관리해주세요.

마음이 깨끗할수록 삶이
단순해지고 편안해집니다.

통증, 귀한 손님이 왔습니다

아플 때 어떻게 받아들이면 좋을까요?
내게 온 질병은 나쁜 불청객인가요? 귀한 손님인가요?

....

....

....

....

센 놈이 찾아왔다. 38.6도의 고열, 칼칼하고 따가운 인후통, 계속되는 기침, 온몸이 뻐근한 근육통에 오한, 두통, 호흡곤란까지…. 말로만 듣던 코로나 바이러스가 내 몸을 침투했다.

코로나 19 초기 대유행의 중심지에 있었던 그때도 무사히 잘 지나왔다. 3년째 접어들어 우리나라 누적 확진자 수가 3천만 명을 돌파하고 국민 5명 중 3명은 확진 판정을 받은 셈이라는 보도를 보았을 때까지만 해도 건강하게 잘 지내고 있었다. 주변의 친구, 지인들도 대부분 걸렸는데 우리 가족 모두 감염되지 않았기에 나는 슈퍼 면역자인가 하는 생각도 하면서 코로나를 잘 비껴가리라 안심했던 것이 사실이다. 그런데 방심은 금물이라 했던가! 노마스크 시대를 앞둔 시점에 코로나 바이러스의 거센 공격을 받은 건지 아니면 나의 방어력이 자체적으로 와르르 무너진 건지 이렇게나 갑자기, 강력하게 찾아올 줄은 전혀 예상하지 못했다.

올해 들어 공사(公私)를 불문하고 해야 할 일이 많았다. 스스로 느끼기에도 몸이 점차 무겁고 피로감이 몰려오는 것 같아 괜한 나이 탓을 하기도 했다. 바닥난 체력에 더 이상 물러서면 안 되겠다 싶어 얼마 전부터 새벽 운동도 시작했는데 이미 저하된 면역력은 어찌할

수 없었나 보다.

　많은 통증이 한꺼번에 내 몸을 급습하니 정신을 차리지 못했다. 그전에 아무리 매스컴에서 떠들어대도 그냥 흘려듣기만 했다. 보통의 감기 증상이겠거니 하고 쉽게 여겨왔는데 실제로 겪어보니 이렇게 매운맛일 줄이야! 약을 먹어도 떨어지지 않는 열과 불덩이 같은 몸 때문에 밤새 뒤척이느라 한숨도 자지 못했다. 코막힘에 숨 쉬는 게 힘이 들고 입은 바싹 마르는데 머리까지 왜 이리 지끈거리는지…. 이 총체적 난국에서 헤어 나올 수 있는 방법을 내가 딱히 가

통증과 가만히 함께 하면 몸은 힘들어도
마음은 아프지 않을 수 있어요.
치유될 때까지 편안하게 지켜보고
가볍게 보내주기로 해요.

지고 있는 것도, 그렇다고 통증이 당장 달아날 모양새도 아니었다. 그래서 지금 이 순간, 통증을 가만히 지켜보기로 했다. 아프다는 것에 속상해하거나 울분을 토하지 않고 가만히 통증과 함께 있어보기로.

　그저 잠잠히 통증과 함께 한다는 건 아프다는 감각을 느끼는 것 외에 아무것도 덧붙이지 않는 것이다. 지금 현 상태를 그대로 느끼기만 할 뿐 그것에 잇따른 부정적인 감정과 느낌에 빠져들지 않는 것. 처음엔 나아질 기미가 보이지 않고 계속되는 통증에 '원래 이렇게 아픈 건가? 나만 더 심각한 건 아닌가?' 하고 겁이 나기도 했다. 그런데 어떠한 판단도 없이 지금 이 상태로 가만히 머물다 보면 어느새 마음이 평온해진다. '통증이 있긴 하지만 별거 아니구나. 아무것도 아닌데 괜히 겁먹었네.' 하는 안도감까지 느끼게 된다고나 할까. 그리고 아파서 슬프다거나 일을 못해 손해가 커서 화가 난다 혹은 중요한 일정을 취소해야 해서 왜 하필 지금이냐고, 왜 나냐고 억울해하거나 서운한 마음도 일절 없다. 줄곧 평화로운 마음 상태에 머물다가 자연스레 감사한 마음이 자라난다.

'나의 면역 세포가 치열하게 코로나 바이러스와 사투를 벌이고 있구나. 나를 지키고자 열심히 싸우고 있으니 이렇게 아픈 거야. 잘 이겨내리라 믿어. 그리고 앞으로 나는 더 강해지겠네. 참 감사하다!'

예상치 못한 병이 찾아오거나 갑작스러운 통증 때문에 당혹스럽고 힘들 수 있다. 그때에는 마음까지 같이 아파하기 십상이다. 그런데 지금 이 병은 나를 괴롭히고 힘들게 하러 온 것이 아니라 전적으로 나를 돕기 위해 온 것임을 받아들인다. 그러한 생각에 닿으면 통증도 기꺼이 수용할 수 있다. 아프고 불편한 감각 때문에 괴로워하기보다는 내 몸의 균형을 찾아가는 중이라고, 건강을 회복하기 위한 과정으로 여기며 이 상황을 가볍게 여길 수 있다. 몸이 더 상하기 전에 잠깐 쉬어 가라고 나에게 신호를 보내준 것이자 삶의 쉼표를 만들어준 것이라고. 욕심내지 말고 과도하게 무리하지 않도록 육체적 건강과 삶의 균형을 찾을 것을 알려주기 위함이란 걸.

병이 오기를 기다리며 환대할 것까진 없다. 하지만 왔을 때 내치거나 거부하지 않고 귀한 손님으로 대우할 수는 있다. 그래야 병도 고마워서 쉽게 지나가지 않을까. 통증이 찾아왔을 때 괴롭다고 밀어낸다고 해서 서둘러 떠나지 않는다. 빨리 낫지도 않는 법이다. 그러니 나는 통증을 기꺼이 맞이하고 흐뭇하게 보내리라.

남들에게 하는 만큼만

나는 가족에게 어떻게 대하고 있나요?
남들에게 하는 만큼 가족을 존중하고 있습니까?

"안 그래야지 하면서도 가족에게 더 짜증내고 더 화를 내. 내 마음과 다르게⋯."

친구에게서 고민 상담 요청이 왔다. 무더운 날씨에 불쾌지수가 높아서인지 퇴근하고 집에 들어가면 작은 일에도 예민하게 반응하고 성질을 내게 된다고. 돌아서면 후회하고 자책하면서도 이를 자꾸만 반복하는 자신을 어찌해야 할지 모르겠다고 했다.

그 마음을 누가 모를까. 모두가 겪어봤고, 흔하게 겪고 있는 일이다. 나 역시 그런 자책과 반성을 수없이 해 왔다. 그래서 어느 때보다 답하기가 쉬웠다. 물론 답을 아는 것과 실천하는 것은 별개이지만.

"남들에게 하는 만큼만 하면 돼. 딱 그만큼만."

이 말을 들은 친구는 '그게 무슨 말이야?!'라는 눈빛으로 나를 쳐다보았다. 내 대답은 단순했다. 말 그대로 남들에게 하듯이 하면 된다는 것.

우리는 업무적인 관계에서나 사회생활을 하며 만난 사람에게 공손한 언어를 사용하고 다정하고 자상하게 아~주 잘한다. 때로는 다소 무례한 사람에게까지 정중한 태도를 취하고 품위를 잃지 않는다. 특히 나의 생존이나 밥벌이와 관계되어 있노라면 이 무리한 상황도 부드럽고 능숙하게 다루는 힘이 생긴다. 우리의 상냥함은 그럴 때만 빛을 발하는 것이 아니다. 심지어 처음 본 낯선 사람, 다시는 만나지 않을지도 모를 사람들에게까지 친절을 베풀지 않는가. 어려움이 생기면 선뜻 다가가 도와주고, 따뜻한 미소까지 건네는 온화함을 겸비하고 있다.

그런데 집에 오면 한없이 따뜻했던 그 사람은 온데간데없다. 눈에 보이지 않지만 몸에 장착되어 있는 '예의 친절 모드'의 센서가 왜 밖에서는 자동으로 ON 상태가 되었다가 집에 들어서는 순간 OFF가 되어버리는 것일까. 가족들에게는 굳이 그렇게 하지 않아도 된다, 편하게 내 성질대로 해도 된다는 태도로 바뀐다. 가끔은 그 정도를 넘어서 갖은 진상을 부리기도….

우린 어리석게도 완전히 거꾸로 하고 있다. 내가 정말 잘해줘야 할 대상은 진심으로 사랑하는 사람이어야 하지 않는가. 내가 진정 아껴주고 지켜주고 싶은 '나의 가족' 말이다. 말로는 가족이 제일 소중하고 사랑한다고 하면서 정작 가족에게는 지켜야 할 예의를 갖추지 않는다. 밖에서는 아무리 거슬리는 말이나 행동에도 쉽게 잘 넘겨버리지만 가족에게는 켜켜이 참아온 감정들, 해소되지 못한 채 꾹꾹 눌러온 감정들까지 끌어 모아 한꺼번에 배출시킨다.

'가족이라면 이 정도는 받아주겠지. 일일이 말하지 않아도 이해해 주겠지.' 하고 놀라운 인내력을 시험케 한다. 내가 사랑한다는 이유로, 내 가족이라는 이유로 보통 사람 이상의 과도한 이해심을 요구하고 깊은 아량을 기대한다. 하늘이 주신 인연이라 할 만큼 귀하게 맺어진 관계인데 서로를 감정의 배출구로 삼고, 지나친 무게를 심어주는 건 너무 가혹한 일 아닐까.

그래서 더도 덜도 말고 남들에게 하는 만큼만 하자는 것이다. 더 잘해주려 애쓰지도 말고 더 많이 해주려 노력할 필요 없이 딱 그만큼만. '가족'이기에 허물없이 편하게 대할 수 있는 존재가 아니라 '가족'이라서 예의를 갖추고 친절을 다해야 하는 것이다.

'남한테도 그러한 친절을 베풀면서 우리 가족에게는 왜 못해? 나에게 제일 소중한 사람이니까 그만큼 잘해줘야지!' 이러한 생각 이후로 가족들을 대하는 태도가 달라졌다. 전보다 잘해주고 싶은 마음이 훨씬 커졌고, 다른 생각이나 맞지 않는 생활패턴을 마주할 때 한결 가볍게 받아들일 수 있었다.

바깥에서 맺은 인연은 안 만나면 그만이다. 끝이 나도 괜찮다. 하지만 가족은 다르다. 가족 간에 적당한 거리와 예의를 지키지 못해 사이가 소원해지고 관계가 해체되는 경우가 얼마나 많은가. 그러한 안타까운 실수를 범하지 않기 위해 힘들이지 않고 할 수 있는 최소한의 마음가짐이다. 그렇다고 해서 무겁고 진지할 정도의 격식을 차리라는 말이 아니다. 남들에게 하는 만큼 '날 존중해 주고 있구나', '날 이렇게까지 배려하네'라는 마음이 느껴질 정도면 된다. 그러면 그대로 나에게 돌아온다. 그 고마운 마음이 가족의 사랑이란 향기를 품고서.

집에서도 밝게 웃음 짓고 화목한 가정을 유지하기 위해서 가족끼리도 예의와 친절이 필수적임을 다시 한번 가슴에 새긴다. 같이 있으면 행복하고 오래도록 함께하고 싶은 내 소중한 사람들이니까. 편안한 안식처가 되어줄 유일한 사람들이니까.

지금 이 순간 귓가에 노랫말이 울려 퍼진다. 있을 때 잘해. 후회하지 말고!

가장 아끼고
소중하게 대해야 할 사람은
나 자신 그리고 가족입니다.

쉼을 배워야 할 때

'쉼'을 어떻게 받아들이고 있나요?
나는 잘 쉬고 있습니까?

"요즘 쉬고 있어. 그런데 마음은 왜 이리 조급하고 바쁘니."

친구가 최근 결혼을 하면서 일을 그만두었다. 졸업 이후 줄곧 한 회사에서 10년 이상 일에만 몰두하다가 정신없이 달려온 자신을 위해 휴식을 택했다. 그런데 그녀는 분명 쉬고 있다고 했는데 마음은 바쁘다고 말한다. 그렇다면 진정 쉬는 게 맞는 것일까?

얼마 전, 숲에서 휴식을 즐기는 방탄소년단의 모습을 담은 예능 프로그램이 TV에 방영되었다. 늘 바쁜 스케줄에 쫓기면서 살아가다가 무대를 벗어나 각자 취미 생활을 하며 평범한 시간을 보내는 그들의 일상과 휴식에 초점을 맞춘 프로그램이었다. 오랜만에 주어진 쉬는 시간에 무엇을 해야 할지 몰라 하는 멤버들의 모습이 화면에 비쳤다. "쉬는 것도 훈련이 필요한가 봐. 뭐 하지? 뭘 해야 되지?"라고 말하는 방탄소년단의 리더 RM의 말이 인상적으로 다가왔다.

쉼을 나타내는 한자 휴(休)는 人(사람 인)과 木(나무 목)이 합쳐진 글자로, 한 사람이 나무 그늘 밑에서 쉬고 있다는 뜻을 결합한 문자이다. 거기에는 사람과 나무가 존재할 뿐 무엇을 하는 행위는 포함되어 있지 않다. 어떠한 것을 요구하지 않는다. 그러니 자연스럽게 편안함과 느긋함을 즐기면 되지 않을까.

그런데 빠르게 변화하고 바쁘게 살아가는 시대를 살고 있는 우리들은 어떨까. 휴식이 주어졌는데도 제대로 쉬질 못한다. 쉬는 것이 아니라 무엇을 해야 할지를 자꾸만 찾는다. 그저 일하지 않는다고, 돈을 벌지 않는다고 해서 쉼이 아니다. 올바른 쉼이란 일하지 않는 시간이 아니라 충전의 시간이 되어야 한다.

생각보다 많은 이들이 쉼을 어려워한다. 쉰다고 하면서 드라마나 영화를 보거나 SNS로 타인의 삶을 들여다보기 바쁘다. 그것은 일이 아닌 또 다른 자극에 몰두하는 것일 뿐 충분한 쉼이 되어주지 못한다. 단지 다른 기계나 자극에 의지함으로써 잠시나마 스트레스나 긴장을 잊는 것이지 해소가 되는 것은 아니니까. 그래서 '휴식을 어떻게 받아들여야 하는가? 휴식에도 허락이 있어야 하는가?'와 같은 물음이 따라붙는 요즘이다. 삶에서 일만큼이나 휴식도 중요한데 언젠가부터 쉬는 것이 어떤 이에겐 압박감이나 죄책감을 들게 한다. 때론 불안과 초조함을 안겨주기도…. 쉼을 위해서는 어떠한 명분이나 이유가 필요하다고 생각하는 이들조차 생겨난 듯하다.

쉴 때는 말 그대로 쉬어야 하는데 자꾸만 뭘 하려고 한다. 쉼은 무엇을 하려는 게 아니라 하려는 것을 내려놓는 시간이다. 하지 않음으로 인한 '낭비'의 시간이 아니라 비움으로 인한 '창조'의 시간이다. 따라서 제대로 된 쉼을 위해서는 붙들고 있던 생각과 마음의 짐을 놓아야 한다. 복잡한 생각을 비우고 일상의 긴장이나 불안을 조용히 흘려보내야 한다. 불편하고 무거운 마음의 짐을 내려놓고 쉽다운 쉼 속에 머무를 때 번뜩이는 아이디어가 솟구치거나 골머리를 앓던 해결책이 불현듯 떠오른다. 이는 몸과 마음이 충분히 이완된 상태에서만이 맛볼 수 있는 경험이다. 그래서 가끔은 멍 때리는 시간이 우리에게 필요하다. 이 시간은 우스꽝스러운 시간이나 버리는 시간이 아니라 오히려 우리를 지켜주는 귀중한 시간이다.

온몸에 힘을 빼고 머릿속 생각을 비워냄으로써 내 안의 평온에 당도하는 것. 그것이 진정한 쉼이 아닐까. 완전히 충전되고 활력을 얻을 수 있는 시간 말이다. 내 몸과 마음이 축나지 않도록 단 10분이라도 온전한 휴식을 취하는 것이 매우 중요하겠다. 그것이 결국엔 오랜 시간 나를 이끌어주고 일상을 지켜내는 건강한 힘의 원천이 될 테니까.

나는 과연 '일과 휴식의 균형 잡힌 삶'을 살고 있는지 되돌아보면 어떨까? 그렇지 못하다면 지금이야말로 쉼을 배워야 할 때이다.

◆　◆　◆

쉼은 무언가를 하려는 게 아니라 하던 것을 내려놓는 시간이에요. 생각을 비우는 시간이에요. 휴식은 나에게 있어 낭비의 시간이 아니라 재충전의 시간이자 창조의 시간임을 잊지 마세요.

당신이 궁금해요

나의 생각과 감정을
궁금해하는 이가 있나요?

....

....

....

....

나는 평소 사람에게 관심이 많다. 더 정확히 말하면 사람의 마음에 관심이 많다. 우리가 같은 시공간에서 함께 존재한다고 하지만 같은 세상을 살아가고 있는 것은 아니니까. 자기만의 고유한 경험을 바탕으로 형성된, 나만의 필터로 바라보는 세상, 즉 각자의 세상 속에서 살고 있다. 저마다의 성장 환경이 다르고 삶의 궤적이 다르기에 똑같은 현상을 보고도 각자가 바라보는 관점과 해석은 다를 수밖에 없다. 그래서 한 사람 한 사람의 생각이 궁금하고 그들이 느끼는 감정들이 궁금하다. 지금의 당신이 있기까지 어떠한 삶의 풍경들을 지나왔는지, 어떠한 생각을 했거나 하고 있으며, 어떠한 마음으로 향하는지에 대해….

그러하다 보니 심리학을 통해 사람의 마음을 배우기도 하고 다양한 삶의 이야기나 감정들을 담은 글이나 다큐를 보면서 여러 인생들을 들여다보고 사람의 마음을 엿보기도 한다. 때로는 주변 사람들에게까지 질문이 이어지기도 하는데 그러면 대부분의 반응은 비슷하다. 잠깐 멈칫하거나 당혹스러워하는 표정을 짓는다는 것. 그리고 얼마간의 뜸을 들인 뒤에야 대답을 들을 수 있다는 것. 예컨대 "어떨 때 가장 행복해? 살면서 언제 가장 슬펐어? 그 일을 겪을 때

어떤 감정이었어? 그 당시 어떠한 마음으로 극복했어?" 등등 삶의
면면에서 마주한 그들의 생각이나 감정에 대한 질문들이다.

그중에서 나에게 가장 많은 질문을 받는 표적이 되는 이는 바로
엄마다. 집에서 어떤 책을 읽다가, 영상을 보다가 갑자기 궁금증이
생기면 쪼르르 달려가 몇 가지 질문을 늘어놓는다.

"엄마는 이것에 대해 어떻게 생각해? 그러한 일이 닥쳤을 때 엄
마 마음은 어땠어? 그때는 왜 그렇게 했던 거야?"

그러면 엄마의 답은 대부분 "몰라."로 끝난다. 보통은 그렇게 그
치는데 그것으로 성에 안 차는 날에는 "모르는 게 어딨어? 말해줘,
말 좀 해봐." 하고 재차 물어보고 또 물어보면 결국엔 "뭐 그런 걸
묻고 그래? 쓸데없는 것 좀 묻지 마. 이상한 소리 하지 마." 하고 성
가시다는 듯 화를 낸다. 질문을 한 게 그렇게 잘못인가 싶을 만큼
느닷없이 정색하는 엄마의 반응이 의아했다. 나는 그저 엄마의 마
음이 궁금해서 물은 것일 뿐인데 나의 질문을 쓸데없는 것으로, 나
를 이상한 소리를 하는 사람으로 치부한다는 게….

며칠이 지난 어느 날, 나는 다시 엄마에게 질문을 했다. 여느 때와
같이 나의 질문에 대한 대답을 회피하고 입을 닫고 있는 엄마에게
말했다.

"나는 엄마에게 훌륭한 대답을 요구하는 것도, 멋진 대답을 듣고
싶어서도 아니야. 단지 엄마의 마음이 궁금해서야."

엄마의 눈빛이 살짝 흔들리다가 살며시 누그러졌다. 그러나 딱히 별 다른 말은 덧붙이지 않으셨다.

사실 내가 하는 질문 자체가 까다롭다거나 속내를 드러낸다고 해서 부끄러워할 만한 것이 아니다. 생각과 감정에 정답이 있는 것이 아니니까. 오로지 자신의 생각을 솔직하게 말하거나 느낀 그대로의 감정을 진솔하게 표현하기만 하면 되는 일인데 '모른다'는 말로 뭉뚱그리는 게 납득이 되지 않았다. 그런데 이제는 조금 알 것 같다. 내 질문이 단순하지만 결코 단순하지 않다는 것을. 그리고 엄마도 엄마이고 싶고 부모이기 때문이라는 결론을 내렸다. 그날 엄마의 눈빛과 표정을 보고서.

사는 일이 바쁘고 삶에 치일 때, 그때를 견디고 이겨내기에도 급급할 때에는 내 감정을 논한다거나 어떤 생각을 가지고 있는지 따위가 중요하지 않다. 그때를 살아내는 것이 중요할 뿐이니까. 그래서 그때의 내 마음이 어땠는지를 진지하게 생각해보거나 돌아볼 겨를이 없다. 본인도 자신의 마음을 잘 모르고 지나왔고, 스스로에게 그러한 질문을 해 본 적이 없으니 이 질문들이 익숙하지 않다. 인생의 주요 지점에서 느꼈던 복잡 미묘한 감정들과 생각들을 짧은 몇 마디로 표현하기란 쉽지 않으셨겠지.

모든 부모가 내 자식에게만큼은 근사한 어른이고 싶지 않을까. 자신의 모자라고 부족한 모습을 보이고 싶지 않은 것이 부모 마음이지 않은가. 자식 앞에서 정돈된 언어로 멋지게 표현하고 싶은데 갑작스럽게, 뜬금없이 닥쳐온 질문 앞에서 괜스레 작아지는 것이다. 유창하고 유려하게 표현해주고 싶은데 그것을 담아내지 못하는 당신의 아쉬움과 안타까움의 토로임을 비로소 알게 되었다.

그러나 엄마가 모르는 것이 있다. 말솜씨가 없어도, 표현이 서툴러도 엄마는 이미 나의 자랑이라는 것을, 내가 하는 질문들은 당신을 향한 관심과 애정의 표현이자 당신을 더 잘 이해하고픈 내 마음의 표식이라는 것을.

그날 이후에도 엄마의 생각이나 감정에 대해 세세히 들어보진 못했다. 아직까지 나의 질문이 낯설고 어색한 모양이다. 그럼에도 나는, 내가 알지 못하는 엄마의 삶의 조각들과 마음의 흔적들을 발견하기 위해 앞으로도 많은 질문을 던질 것이다. 난 여전히 당신이 궁금해요!

◆　◆　◆

당신에 대한 질문은 당신을 향한 관심과 애정의 표현입니다.
생각과 감정에는 정답이 없어요.
마음껏 솔직하게 표현해보세요.

최고의 선물

상대와 나의 다름으로 인해 다툰 경험이 있나요?
어떻게 그 차이를 극복했나요?

....

....

....

....

"민정아, 곧 생일이 다가오네. 작년처럼 너에게 필요한 걸 주고 싶어서 말이야. 혹시 갖고 싶은 게 있어?"

이른 아침 20년 지기 친구에게서 연락이 왔다. 메신저로 축하 인사를 나누고 선물을 보내는 것이 일상이 되어버린 요즘, 매번 얼굴을 맞대고 생일을 축하해주고 선물을 챙기는 친구였다.

"음…. 다이어리가 필요하긴 한데…."

"오케이, 접수!"

수시로 끄적이고 메모하는 습관이 있다 보니 다이어리의 노트 공간이 오래가지 않았다. 겨우 두세 장 남짓 남아 있어 다이어리를 사려던 참에 친구의 선물이라면 더없이 좋겠다 싶었다. 그 이후로도 연이은 질문들이 잇따랐다. 다이어리의 크기는 어떠한 게 적당한지, 색상은 무슨 색이 좋은지, 구성은 어떠한 것을 원하는지 등등 수많은 물음과 대답이 오가다가….

"너무 복잡해. 머리 아파. 사이트 보내줄 테니 네가 알아서 골라."

곧이어 다이어리를 판매하는 쇼핑몰 링크가 날아왔다. 나는 이내 할 말이 사라졌고 썩 유쾌하지 않은 기분이 찾아들었다.

"그건 돈만 결제해주는 거지 선물이 아니잖아…. 그냥 내가 알아서 살게."

하루를 기분 좋게 시작해야 할 아침 시간, 우리는 그렇게 감정이 상해버렸다. 잘못을 저지른 이는 없는데 상처받은 마음만을 남긴 채…. 좋은 마음으로 시작된 대화에 우린 왜 감정이 상했던 걸까. 어느 한쪽이 틀려서가 아니라 달라서였다는 걸 아는 데 그리 긴 시간이 필요치 않았다.

선물이라는 건 단순히 필요한 물건을 사주는 것이 아닌 선물하는 이가 받는 이를 위해 자신의 귀한 시간을 할애하는 것, 무엇을 사주면 상대가 기뻐할지 깊이 생각하며 고르는 정성 어린 마음, 어떠한 선물이 내게 올까 하는 받는 이의 설렘과 기대감까지 포함하는 것. 그것과 더불어 선물을 사용할 때면 선물한 그가 떠오르면서 고마움과 그리움을 담은 그 마음이 가슴을 따뜻하게 채워주는 것. 이 모든 것을 아우르는 것이 선물이라 여겼다. 적어도 내겐 그랬다.

친구의 입장을 짐작해보건대 그녀는 내가 직접 선택한, 본인이 원하는 맞춤 선물을 해주는 것이 좋겠다는 생각이었을 것이다. 사실, 그것이 선물 받는 이에게도 만족도가 높고 시간적으로도 효율적이다. 그래서 누군가는 이 방법을 더 선호할 것이다. 자신이 원하는 것을 정확히 받을 수 있는 데다가 만족감까지 최상일 테니.

그런데 만족과 효율보다는 마음이 우선인 사람이 있다. 상대의 마음이 전해지는 선물을 선호하는 사람. 나의 경우, 그 사람을 생각하며 그가 무엇을 좋아할지를 찾고, 나의 마음을 담은 선물을 준비하는 것 자체가 큰 기쁨이기도 했다. 마음의 전달을 중시하는 사람은 값비싼 물건이나 유용한 선물보다 정성이 담긴 작은 편지 하나에 더 감동하는 법이다.

그날 저녁, 친구에게 연락을 했다. 찬찬히 서로의 생각과 감정들을 이야기 나눴다. 바쁜 아침 시간의 여유롭지 못한 상황을 감안해야 하는 건데 그러하지 못했다고, 그럼에도 내게 줄 선물을 찾는 것이 귀찮고 성가신 일처럼 여기는 것 같아 서운했음을 고백했다. 선물이라지만 그녀가 돈만 지불하는 거라면 선물의 의미가 사라지는 것 같았다고. 그래서 받아도 그다지 기쁠 것 같지 않았다고.

친구는 분주한 시간이다 보니 여유는 없는데 이것저것 생각해서 나에게 딱 맞는 선물을 찾기가 쉽지 않았기에 내가 흡족할 선물을 주고 싶은 마음만 앞섰다고 했다. 오로지 내가 좋아할 만한 선물을 얼른 사주고 싶었던 것에 마음이 쏠려 있었을 뿐, 그 당시 그녀의 마음 또한 결국 나를 위한 마음이었다.

솔직한 대화를 나누며 우리는 서로를 더 이해하게 되었다. 언제 그랬냐는 듯 서운한 감정의 찌꺼기는 남김없이 사라지고 흐뭇한 웃음만이 남았다. 그래서 우린 서로에게 미안해하지 않기로 했다. 그 누구의 잘못도 아닌, 성향의 차이일 뿐이니까.

우린 모두 다양한 모양의 마음을 품고 사는 제각기 다른 존재들이다. 그러하기에 상대를 위하는 마음에도 차이가 존재한다. 차이가 있어서 나쁜 게 아니다. 오히려 각각의 개성 어린 존재들을 부드럽게 연결해주는 윤활유가 되어준다고나 할까. 서로의 '다름'을 존중함으로써 깊은 '이해'라는 싹을 틔우고 '배려와 사랑'이라는 꽃을 피운다. 그것이 사람과 사람 사이의 관계를 더욱 돈독하고 매끈하게 만들어준다.

이 자체로 값어치를 매길 수 없는 커다란 선물이 되어 내게로 왔다. 서로를 깊이 이어준 이번 생일 선물은 그래서 유독 더 가치 있다.

상대를 위하는 마음이
다를 수 있습니다.
틀린 것이 아니라 다름을
이해하는 과정에서
서로에 대한 배려와
사랑은 깊어집니다.

고마워~ 마음만은 100% 받았어

그의 나이가
되어 보니

부모님과의 재미난 에피소드나 멋진 추억이 있나요?
그때 그 시절을 소환해 보세요.

추석이 다가오면서 조금 일찍 성묘길을 나섰다. 아빠를 뵈러 가는 길에 산뜻하고 선선한 바람까지 함께하니 기분 좋은 드라이브를 가듯 이래저래 반갑고 들뜬 마음이다. 시원한 바람을 맞으며 한참을 달리고 있는데 고추장을 가득 실은 트럭이 앞을 지나가고 있다. 그것을 보니 일명 '고추장 항아리 사건'의 옛 추억이 자연스레 떠올랐다.

다섯 살 무렵 나는 아빠가 근무하시는 회사의 사원 아파트 1층에 살고 있었다. 그래서 이웃들과도 잘 알고 지내는 사이였고 내 또래의 친구들도 꽤 많이 거주하고 있었다. 1층에 살아본 사람이라면 알겠지만 1층은 외부에서 들려오는 소리에 쉽게 노출된다. 밖에서 사람들의 목소리나 친구들의 웃음소리가 들리기라도 하면 그 호기심을 참지 못하고 베란다로 쪼르르 달려갔다. 까치발을 하고도 창문의 높이만큼 키가 닿지 않았던 나는 그 궁금증을 해소하기 위해 늘 엄마 아빠의 도움이 필요했다. 엄마나 아빠가 나를 들어 올려주면 창문 밖으로 빼꼼히 얼굴을 내민 후, 어른들과 친구들에게 반갑게 인사를 전하는 게 그 당시 나의 낙이었다고나 할까.

그러던 어느 날 부모님이 잠시 집을 비우고 홀로 집에 머물고 있을 때였다. 바깥에서 친구들의 목소리가 들려왔다. 궁금증이 일어난 나는 얼른 창문 밖을 확인하고 싶었으나 혼자서는 도저히 어찌할 수 없는 높이에 막막했다. 그러다가 내 눈길을 사로잡은 건 바로 커다랗고 뚱뚱한 항아리. 베란다에 고추장과 된장을 담아둔 항아리가 있었는데 그것을 밟고 올라가면 되겠다 싶었다. 그것이 내 무게를 감당하지 못할 거란 걸 전혀 예상하지 못한 채.

튼튼하게만 보였던 항아리의 뚜껑을 밟고 올라가려고 한 발을 올리고 다른 한 발을 떼는 순간 와장창하고 항아리가 깨져버렸다. 순식간에 고추장이 줄줄 새어 나와 바닥을 시뻘겋게 물들이고 있었다. 그 순간 얼마나 아찔하던지! 깨진 항아리 조각들은 어떻게 치울 것이며 엉망진창으로 흘러내린 고추장을 어떻게 처리할 것인지 머리가 새하얘졌다. 그것보다는 이것을 본 엄마에게 혼날 생각을 하니 가슴이 콩닥콩닥 뛰기 시작했다.

어찌할 줄 모르고 그 자리서 발만 동동 구르고 있던 그때, 현관문 열리는 소리가 들렸다. 심장이 미친 듯이 요동쳤다. '나는 죽었다'라고 공포에 떨고 있는 순간, 나타난 건 엄마가 아닌 아빠였다. 아빠를 보자마자 아무 말도 하지 못한 채 서러운 울음이 터져 나왔다.

아빠는 고추장 범벅이 되어버린 베란다를 보고선 괜찮다고 하며 나를 대피(?)시킨 뒤 깨진 항아리와 빨갛게 물든 베란다를 청소하기 시작했다. 아빠가 와서 어느 정도 사태는 수습되어 가고 있었지만 아직 끝난 게 아니었다. 엄마의 불호령이 기다리고 있을 테니까. 조마조마하게 쪼그라든 가슴을 겨우 움켜쥐고 있는데 엄마가 나타났다.

"어머나, 이게 뭐야? 가만히 있는 항아리가 왜 깨진 거야? 대체 누가 그런 거야?"

심장이 쿵 내려앉으며 혼날 준비를 하며 눈을 질끈 감는 그 순간! 생각지도 못한 아빠의 음성이 들려왔다.

"내가 그랬어. 잘못 부딪혀서 깨졌어."

"아휴. 아까워라. 이게 뭐람."

범인은 나인데 아빠가 죄를 뒤집어썼음에도 그 순간 나는 모른 척 가만히 있었다. 내가 혼나는 것이 무서워 내 죄를 눈감아 버렸다. 아빠에 대한 미안함과 사실대로 알리지 못한 죄책감에 차마 고

맙다는 말조차 하지 못했고 아빠는 내게 아무런 말씀도 하지 않았다. 그렇게 그 일은 아빠와 나 둘만의 비밀을 남기고서 마무리되었다. 그날 이후 큰 어려움에 닥친 내게 짠 하고 나타나 나를 구해준 슈퍼맨 아빠에 대한 고마움을 두고두고 잊지 못했다. 그리고 1년에 한 번 집에서 고추장을 담글 때 군말 없이 엄마의 일손을 돕고 있다. 엄마를 속인 미안함도 한몫하면서.

벌써 30년 전 일이 되어버린 그 일을 아빠를 만나러 가기 전 다시 소환할 줄이야. 나를 위험에서 구제해준 슈퍼맨에 대한 예우도 제대로 하지 못한 채 그를 떠나보내고 마음속으로만 감사 인사를 전한 지 십수 년이 흘렀다. 그러고 보니 내가 벌써 그때의 아빠 나이가 되어버렸다. 그래서 나에게 질문을 던져본다. 내가 그러한 상황을 마주한다면 나는 과연 아빠처럼 행동할 수 있었을까. 아이의 잘못을 꾸짖기보다는 아이가 놀라지 않게, 아이의 마음을 배려하여 조용히 눈감아 주었을까…. 그 덕분에 내 잘못을 명확히 인지할 수 있었다. 내가 한 잘못을 묵인하고 다른 이의 잘못으로 둔갑시켜버린 죄의 무거움을 알게 되었으니까. 말이 아닌 마음의 형벌로 충분히 깨우치게 되었으니까.

해를 거듭하면서 멋진 아빠에 대한 자부심이 더해간다. 곱씹을수록 진한 감동으로 다가오는 평생의 추억을 남겨준 것에 코끝이 시큰해진다.

'당신을 만나러 가며 고백합니다. 나는 벌써 다섯 살 어린 딸을 감싸주던 당신의 나이가 되었는데 아빠만큼 성숙한 어른이 되지는 못한 것 같아요. 그래도 예쁘게 봐주실 거죠?'

하늘에서 흐뭇하게 웃고 있을 아빠의 모습이 눈앞에 선하다.

◆　◆　◆

부모의 마음은 헤아릴 수 없을 만큼 넓고도 깊습니다.
부모님의 은혜에 감사 인사를 전하는 건 어때요?

갈대 같은
사람이고 싶어라

나는 갈대처럼 유연한 사람인가요?
현재 내가 겪고 있는 현실에 대해 얼마나
받아들일 준비가 되어 있나요?

....

....

....

....

오늘도 맑고 깨끗한 날씨가 계속되었다. 포근해서 걷기에도 참 좋은 그러한 날이었다.

"우리 보러 갈래?"

"그래, 지금 당장 가자!"

　주말 오전, 친구와 메시지를 주고받다가 날씨에 감탄한 나머지 급하게 짐을 싸서 떠나기로 했다. 가을 하면 단연 갈대가 생각나는 계절이지 않던가! 말로만 끝날 게 아니라 직접 두 눈에 담기 위해 곧장 순천으로 떠났다.

　도착해서 발을 내딛는 순간, 파란 하늘에 따뜻한 햇살과 시원한 바람이 우리를 맞이해주었다. 먼 길을 마다하지 않고 멀리서 온 보람이 톡톡히 있었다. 상쾌하고 설레는 기분에 신이 난 채로 우리는 바로 순천만 갈대밭으로 향했다.

　'우와아아아!!!'

　눈앞에서 160만 평의 광활한 갈대밭을 마주하자 탄성이 터져 나왔다. 말 그대로 가을빛 황금 물결이 장관을 이루고 있었다. 10월의 가을 그 자체를 느끼기에 날씨와 풍경 모두 제격이었다. 끝이 보이지 않을 만큼 드넓게 펼쳐진 갈대밭을 바라보는 것만으로 어찌나

속이 뻥 뚫리는지!

한 걸음 한 걸음 갈대밭을 거니는 동안 가을바람에 갈대들이 넘실거리는 것이 마치 우리를 온몸으로 격하게 환영해주는 것 같았다. 갈대가 바람의 리듬에 맞춰 맵시 나게 춤을 추는 것 같았다고나 할까. 따스한 햇살을 받으며 반짝이는 금빛 몸짓이 정말로 아름다웠다. 얇은 바람결에는 살랑살랑 부드럽게 갈대의 속삭임이 들리는 듯했고, 강한 바람결에는 스적스적하게 파도가 출렁이는 듯했다. 이루 다 말할 수 없을 만큼의 아름다운 풍경이 내 마음을 사로잡았다.

이러한 갈대를 한없이 바라보다가 잠시 상념에 젖어들었다. 보통 사람의 마음을 '갈대'에 비유하는데 언젠가부터 갈대는 쉽게 흔들리고, 이랬다저랬다 변덕이 심한 사람의 상징이 되어버렸다. 그런데 바람에 몸을 내맡기며 아름다운 자태를 드러내는 갈대들을 보니 그렇게 불리는 것에 괜스레 미안(?)한 마음이 들었다고나 할까.

갈대는 그저 자신의 곁을 내어주며 자연스럽게 바람을 맞이하고 있었다. 바람이 불면 부는 대로, 이쪽저쪽으로 그 방향에 맞춰 부드럽게 너울거렸다. 절대 꺾이지 않으려 버티지도 않았고, 애써 저항하는 바도 없었다. 그저 유연하게 바람을 맞이하면서 금빛 물결이라는 우아한 모습으로 사람들을 맞이할 뿐이었다.

그렇다면 여기서 잠깐, 질문의 방향이 나에게로 향했다.

'나는 내게 주어진 상황에 얼마나 유연한 사람일까? 갈대만큼 자

유롭고 부드럽게 대처할 수 있을까?'

그 질문 앞에 꽤 오랜 시간을 서성거렸다. 딱히 자신 있는 대답을 내어놓기가 쉽지 않았다. 그러다가 문득 나도 갈대 같은 사람이 되고 싶다는 생각이 올라왔다. 일도, 사람도, 인생도 갈대처럼 유연하게 받아들일 수 있는 사람이 되자고. 코로나와 같은 전혀 예상치 못한 변화에도, 나와 정반대의 사람을 만났을 때에도, 원치 않는 일들이 일어났을 때에도 갈대처럼 유연하고 자연스럽게 받아들일 수 있는 포용력을 가진 사람이 되고 싶다고 말이다.

그리고 이제는 갈대의 명예를 회복시켜주고 싶다. 갈대를 '변덕'이 아닌 '포용'의 상징으로. 그래야 오랫동안 오명으로 불리던 갈대에 대한 마음의 빚을 조금은 덜어낼 수 있지 않을까. 나는 오늘부터 갈대를 그렇게 생각하련다.

◆　◆　◆

지금 내게 주어진 현실 앞에
일도, 사람도 갈대처럼 유연하게 받아들이도록 해요.

때로는 덩그러니 혼자 남겨진 듯한 헛헛했던 마음에 세상이 건네는 따뜻한 위로를 받습니다. 당신은 혼자가 아니라고, 결코 홀로 외로이 살아가는 존재가 아니라고 말이에요.

PART 4

그래도
세상은
살 만하다

외로움이
내 곁을 서성일 때

내 마음의 문이 얼마나 열려 있나요?

"격하게 외롭다…."

친구의 입에서 불쑥 튀어나온 그 말에 웃음이 터졌다. 쌀쌀해진 날씨에 옆구리가 시릴 때 즈음 찾아오는 그 감정을 어렵지 않게 눈치챌 수 있었으니 그 말에 피식 웃음이 새어 나온 건 나도 이미 경험해 본 감정이기 때문일 테다. 그녀는 짧은 여섯 글자로 단번에 자신의 상황과 자신을 구제해줄 누군가가 필요하다는 긴급 신호를 알렸다.

취미 부자인 그녀가 지금껏 혼자서도 충분히 잘 즐기면서 지내고 있다고 생각했는데 조금은 의외의 반응이었다. 들어보니 최근 중학교 동창들과의 모임이 그 불을 지핀 모양이다. 같은 교실에서 출발해 비슷한 속도로 나아가기 시작했는데 이제는 그 속도가 천차만별이다. 사실 삼십 대 후반에 접어드니 서로가 가는 길이 확연히 달라지긴 했다. 결혼한 친구들 사이에서 안 한 친구를 손꼽아보는 것이 훨씬 쉬운 편이랄까. 몇 년 전까지만 해도 연인에서 부부가 되었다는 거 말고는 큰 차이를 느끼지 못했는데 그들이 부모가 되면서부터는 많은 것이 달라졌다. 미혼과 기혼의 라이프 스타일과 대화 소재의 격차가 커질 수밖에 없었다.

따지고 보면 나도 그녀도 '결혼'이란 제도와 이토록 멀어질 줄은 몰랐다. 삼십 대에 접어들고 몇 년의 연애를 쉬다 보니 여기까지 왔다. 결혼을 몹시 바란 것도 아니었지만 그렇다고 거부한 것도 아니었는데 어찌하다 보니 속절없는 세월에 지금까지 남게 된 것. 그런 그녀가 부쩍 마음이 급해졌단다. 잠깐 사이에 마흔이란 숫자가 그녀를 덮칠 것만 같아 조바심이 난다고. 불현듯 찾아온 외로움에 의지할 수 있는 단짝을 얼른 찾고 싶어 적극적으로 이성을 만나고 있다고 했다.

"그래서 좀 어때? 그러한 사람을 찾았어?"

"이 사람이 내 사람일까 해서 몇 번 만나면 이 사람도 아니고 저 사람이 내 사람인가 해서 얘기를 나눠보면 또 아니더라고⋯. 여러 사람 만나보며 열심히 찾고 있는데 외로움만 점점 더 커지는 것 같아⋯."

사람이라면 누구나 외로움을 느낀다. 정도의 차이는 있지만 문득 쓸쓸해지고 한없이 외로워지는 순간이 나를 덮칠 때가 있다. 하지만 한 가지 짚고 넘어가야 할 게 있다. 그것이 과연 결혼으로 채워질 수 있을까. 타인의 존재로 채워질 수 있는 감정인가⋯.

사실 결혼을 해서 채워질 감정이라면 기혼자들은 외로움을 느끼지 않아야 한다. 하지만 주변을 둘러보아도 그건 아닌 듯하다. 언젠가 결혼과 관련된 기사에서 화제가 되었던 댓글이 있다. 싱글일 땐 외롭지만 결혼하면 외로운데 괴롭기까지 하다고. 미혼자와 기혼자 양쪽에서 많은 공감을 얻으며 베스트 댓글로 등극되었던 웃픈 말이다.

또 다른 한편에서도 알 수 있다. 깊은 산속에서 홀로 생활하며 자연을 벗삼아 살아가는 사람들. 이들은 외로움과 쓸쓸함을 느끼기는커녕 도시의 군중 속에 있을 때보다 삶이 편안하고 아늑하다고 한결같이 말한다. 그런데 나도 그들의 마음을 조금은 알 것 같다. 몇 년 전 바깥세상과 단절한 채 100일간 절에서 머무를 때가 있었다. 가족, 친구와도 연락하지 않고 인터넷, SNS와 거리를 둔 채 생활했는데 홀로 있어도 전혀 외롭거나 쓸쓸하지 않았다. 오직 나에게 관심과 애정을 보낼수록 스스로에 대한 이해와 사랑이 깊어졌고, 내면에서는 깊은 안정감과 평온함으로 가득 찼다. 그래서 알았다. 꼭 누구와 함께하지 않아도 내 마음이 활짝 열려 있을 때, 나 홀로 단단하게 서 있을 때는 내면이 충만하다는 것을. 내면이 충만할 때면 그저 행복하고 감사한 마음뿐이라는 것을.

나의 외로움을 해결하기 위해 새로운 대상을 찾아 공허한 마음을 달래 보려 하지만 그것을 채워줄 만한 사람은 그 어디에도 없다. 더욱이 급히 먹는 밥이 체하는 법. 그럴 땐 좋은 인연을 만나기보다는 잘못된 만남의 덫에 걸릴 경우가 크다. 그래서 외로움을 해소하고자 타인에게 의지하거나 돈이나 명예, 사회적 지위를 좇기보다는 그때야말로 꽃에 물 주듯 내 마음을 정성스럽게 잘 돌보고 가꾸어야 할 시기다. 내 안에서 충족되지 않은 감정을 해결해줄 사람은 나밖에 없으니까. 나보다 날 사랑해줄 사람 없고 나보다 날 이해해줄 사람은 없으니까…. 나 혼자서도 행복할 수 있는 사람이 상대와 함께해도 행복할 수 있다.

누구나 사랑받고 싶고 칭찬받고 위로받기를 원한다. 그런데 그것을 다른 누군가가 해주길 기다리지 말고 지금이라도 당장 해줄 수 있는 '나'에게서 구하는 것이 어떨. 내가 그토록 받고 싶었던 사랑과 그리도 듣고 싶었던 칭찬과 격려의 말을 내가 나에게 아낌없이 들려주는 것이다. 내가 나를 극진히 대할 때 공허함과 외로움은 자취를 감춘다. 그 자리에 움츠려 있던 마음꽃이 봉긋하게 피어오른다. 나를 채워줄 수 있는 것은 오직 나뿐이다.

나에게로 향하는 문을 활짝 열어주세요.
나보다 날 사랑해줄 사람 없고
나보다 날 이해해줄 사람은 없습니다.

나의 '슈퍼우먼'에 대하여

당신의 슈퍼우먼 혹은
슈퍼맨은 누구입니까?

때 이른 10월 한파가 찾아왔다. 불과 며칠 전까지만 해도 낮 기온
이 29도까지 올라가는 늦더위가 계속되고 있었는데 갑작스러운 온
도 변화가 당황스럽기만 하다. 아침저녁으로 제법 쌀쌀해진 날씨
탓에 예년보다 일찍 월동준비를 하게 되었다. 돌돌 말아놓은 널찍
한 전기 매트를 꺼내어 거실에 하나, 내 방에도 하나 깔아놓았다.
무거운 매트를 낑낑대며 옮기고 깨끗하게 닦은 후, 모녀가 함께 휴
식 시간을 가졌다. 전기 매트에 불을 올리니 금세 따뜻한 열이 올라
왔다. 따스하게 데워진 바닥 위에서 편안한 표정으로 누워있는 엄
마를 보니 꽤나 흡족해 보였다. 그러한 엄마 옆에서 좋아하는 음악
을 들으며 흥미진진한 소설책을 읽고 있노라니 천국이 따로 없었
다. 입가에 환한 미소가 번지며 잠시 눈을 감고 이 순간의 행복을
만끽하던 찰나, 코끝으로 아늑한 냄새가 풍겨왔다. 어딘가에서 맡
았던 익숙한 그 냄새.

"엄마, 시골집 냄새 나! 우리 할머니 댁 냄새인데?!"

"이거 외할머니가 쓰시던 건데 집으로 가져온 거잖아."

맞다. 분명, 그때의 냄새였다. 아직 내가 그 냄새를 기억하고 있다
니. 그렇게 3년 전 돌아가신 외할머니를 자연스럽게 떠올리게 되었

다. 할머니에 대한 나의 첫 기억은 시골 마을회관에서부터 시작된다. 다섯 살 무렵, 동네 주민이 가득 모인 곳에서 할머니는 시상대에 올라 상을 받으셨다. 나를 비롯하여 손자 손녀들이 꽃다발을 들고 할머니께 전달해 드렸고, 할머니 키보다 훨씬 높게 솟아오른 꽃다발 속에 파묻힌 채로 할머니는 많은 박수갈채를 받았다. 그런데 이는 한두 번이 아니었다. 효부상과 효행상을 자주 받으시는 할머니가 우리에겐 언제나 큰 자랑이었다.

할머니는 시부모님을 오랫동안 모셨다. 지금까지도 기억이 생생한데 외갓집에 가면 외증조할아버지, 외증조할머니가 계셨고 내가 열 살 무렵에 돌아가셨으니 할머니로서는 40년 이상 시부모님을 모신 셈이다. 외할아버지는 20대 시절, 냇가에서 크게 넘어지는 사고를 당하셔서 몸이 조금 불편하셨다. 나이 든 시부모를 봉양하고 장애를 가진 남편을 돌보면서 외할머니는 팔 남매를 키우셨다. 그런데 그 사연 또한 기가 막히다. 열일곱에 시집을 온 할머니는 오랫동안 아이가 생기지 않아 마음고생이 심하셨다. 7년 만에 어렵게 임신을 하고 아이를 낳게 되었는데 바로 딸인 우리 엄마를 낳았다. 남아 선호 사상이 뿌리 깊던 그 당시, 그토록 오랫동안 기다렸던 자식이 딸이었으니 그때는 정말 소박맞을 위기에 처하셨다고 한다. 그러나 하늘이 할머니의 효심을 갸륵하게 여기신 건지 그 뒤로 아들 다섯을 줄줄이 보내주셨다. 거기에 일찍 부모를 여의게 된 두 명의 조카들까지 거두어들이게 되면서 여덟 명의 자식을 둔 엄마가 되었다.

없는 살림에 많은 가족을 부양해야 했고 농사일까지 하시느라 얼마나 힘드셨을까. 오랜 세월의 흔적과 고됨은 할머니의 굽은 허리에서 고스란히 드러났다. 움직일 때 지팡이나 유모차에 의지하지 않으면 걸어 다니기가 어려우셨는데 그럼에도 불구하고 외갓집에 도착할 때 즈음 들리는 차바퀴 소리에 어김없이 힘든 몸을 이끌고 마중을 나오셨다. 우리에게 뭐라도 해주고 싶어서 항상 고추장 불고기 양념을 재워놓고 기다렸다가 맛있는 고기 밥상을 내어주셨다. 그리고 온갖 나물들을 무쳐주셨다. 갈 때는 참기름이며 각종 야채며 과일들을 바리바리 싸주셨다. 그러고는 주머니에서 꼬깃꼬깃 오랫동안 모아 두었던 돈을 꺼내어 우리 손에 쥐여주고 나서야 본인의 일을 마치시는 듯했다.

이러한 할머니를 보면서 자연스럽게 배우고 느끼는 게 많은 우리였다. 며느리로서, 아내로서, 어머니로서의 역할의 무게가 얼마나 막중한지를 알게 된 성인이 되면서부터는 더더욱 그러했다. 나는 단 한 번도 할머니가 화내시는 모습을 본 적이 없다. 살면서 답답하고 힘에 부치고 고단하던 때가 얼마나 많으셨을까. 하루에도 몇 번씩 울고 싶은 심정일 때가 허다했을 텐데 자식들한테 짜증 한번 내는 법이 없었다.

무엇보다도 할머니는 아낌없이 사랑을 주는 법을 알고 계셨다. 여덟 명의 자식들에게 언제나 공평하게 사랑을 나누었고 손주들에게도 물론 그러했다. 바라는 바 없이 큰 사랑을 베풀어 주셨다. 크게 표현하시진 않았지만 언제나 우리의 얘기를 조용히 들어주고 묵묵히 받아주신다는 걸 모두가 알고 있었다.

'어린 나이에 며느리로서, 아내로서, 어머니로서의 역할을 어떻게 그렇게 잘 해내셨을까? 가르쳐 주는 이 하나 없는데 어떻게 그렇게 삶을 너그럽게 잘 꾸려갈 수 있으셨을까?'

할머니를 통해 지혜로운 이의 성숙함, 기품, 절제의 미덕을 보았다. 진실로 사랑을 베풀고 실천하는 삶을 사셨다. 나에게 있어서 할머니는 진정한 슈퍼우먼이었다고나 할까. 아직까지도 누구에게나 자신 있게, 당당하게 소개할 수 있는 최고의 멋진 여성이라고 말이다.

지금은 만질 수도 닿을 수도 없지만 할머니가 주신 사랑은 여전히 내 안에서 뜨겁게 흐르고 있다. 겨울이면 따뜻한 전기장판 위에 이불을 깔아놓고 고구마를 가득 삶아 내어 오신 할머니. 호호 불며 껍질을 까서 내 손에 꼭 쥐여주시던 할머니가 유독 보고 싶어지는 날이다.

지혜로운 이는 가르치지 않습니다.
그들의 삶을 통해 저절로 훈습됩니다.
그러한 존재가 있다는 것만으로
살아갈 용기와 힘을 얻습니다.

지금 이 순간을 놓치고 있다면

고민이 있다면 물어보세요. '지금 이 일이 10년 뒤에도
나에게 큰 영향을 줄 만큼 심각한 일인가요?'

단계적 일상 회복이 시작되고 처음 맞는 주말이었다. 그동안 집 안에서 머무느라 수고가 많았다는 듯 하늘마저도 맑고 청명한 날씨를 선물해주었다. 작년에는 폭발적으로 증가하는 코로나 바이러스를 잡지 못해 단풍 여행을 떠나거나 제대로 된 단풍 구경을 즐기기엔 현실적으로도, 심적으로도 어려웠다. 그래서 지난가을은 많은 이들에게 알록달록한 예쁜 가을을 추억하기보다는 무색 또는 회색 빛으로 점철된 날쯤으로 기억되지 않았나 싶다. 그래서인지 올해 길가에 늘어선 나무들이 오색빛깔로 물들어가는 모습이 유난히도 예뻐 보였다.

　춥지도 덥지도 않은 포근한 날씨에 높고 푸른 하늘까지, 완연한 가을을 누릴 수 있도록 도와주는 것 같아 오늘을 놓칠 수 없었다. 이번만큼은 노랗고 붉게 수놓은 단풍을 그냥 보낼 수 없겠다 싶어 바로 산으로 향하기로 했다. 이 계절을 온전히 느끼고 싶었던 나는 집을 나서기 전에 손에 쥐었던 휴대폰을 내려놓았다. 이 가을을 담기 위해 지금 필요한 건 단지 신발 끈을 질끈 고쳐 매는 것일 뿐. 양 손이 자유로우니 홀가분한 기분이 한층 더해졌다고나 할까. 그렇게 가벼운 마음으로 집 근처 산을 오르기 시작했다.

한 발 한 발 내딛을 때마다 바스락거리는 낙엽 밟는 소리도 좋았고, 기분 좋게 불어오는 산들바람에 알록달록한 나뭇잎이 춤을 추듯 나부끼는 모습도 너무 고왔다. 울긋불긋 화려하게 펼쳐진 가을의 정취에 탄성이 절로 나왔다.

'이렇게 예쁜 계절을 눈으로 담을 수 있다는 게 행복이지. 사각사각 낙엽 밟는 소리도 얼마나 좋아. 두 발을 자유롭게 내딛을 수 있다는 게 정말 감사한 일인지.'

얼마만이던가. 이렇게 자연을 온몸으로 흠뻑 느껴보는 것이…. 오랜만에 산의 품 안에서 신선한 공기와 시원한 바람, 나무와 꽃에 취해 지금 이 순간을 충분히 즐기고 있단 것에 더욱 신이 났다. 흘리는 땀방울마저 자연과의 깊은 교감 후에 누릴 수 있는 행복이라 생각하니 어찌나 산뜻하던지!

두어 시간의 만족스러운 산행을 마치고 천천히 내려오던 중 문득 10여 년 전 일이 떠올랐다. 그 당시 서툰 청춘의 불안이라고 해야 하나, 미래의 진로에 대한 막연함 때문이랄까 수시로 머릿속이 복잡했다. 여러 가지 생각에 젖어 가슴이 답답할 때면 일주일에 서너 번씩 산을 찾았다. 자연을 느끼고 풍경을 즐겨서라기보다는 마음이 힘들고 번잡할 때 아무런 생각도 하고 싶지 않아 산에 올랐다. 몸을 힘들게 해서 그 잡념을 이기고 싶었다. 그럴 때마다 산은 언제나 그 자리에서 말없이 나의 모든 생각과 감정들을 받아주니 말이다.

그날도 정신없이 산을 오르고 있었다. 그러던 중 누군가 내게 던진 한 마디가 내 걸음을 멈춰 세웠다.

"젊은 사람이 산에 와서 왜 발만 쳐다보고 갑니까! 나무도 보고 꽃도 볼 줄 알아야지!"

아차 싶었다. 나는 고개를 푹 숙인 채 발만 쳐다보고 오로지 산 정상을 향해 발걸음을 옮기고 있었다. 그제야 알아차렸다. 좋은 것을 곁에 두고도 좋은 줄 모르고, 예쁜 것이 눈앞에 있어도 볼 줄 모른다는 것을.

건너편에서 내려오며 나를 지켜보던 아저씨의 그 말에 얼굴이 화끈 달아올랐다. 얼른 고개를 꾸벅하고 달아나듯 그 자리를 벗어났다. 그의 말이 맞았다. 지금 여기에서 왜, 이 좋은 것들을 놓치고 있는 걸까! 수려한 산세를 자랑하는 팔공산에 와서 발끝만 좇고 있는 내가 나조차도 너무 어리석게 느껴져 많이 부끄러웠던 기억으로 남아있다.

지금 생각하면 웃음이 난다. 뭘 그렇게 어깨에 무거운 짐을 짊어지고 살았을까. 누가 쫓아오는 것도 아닌데 무엇에 쫓기기라도 하듯 왜 그렇게 조바심을 내었을까…. 그때는 굉장히 심각한 젊은 날의 고뇌와 방황이라 생각했다. 하지만 지금 내게 남은 건 답도 없는 질문에 대해, 실체 없는 막연한 두려움 때문에 스물다섯의 가을을 잃어버렸다는 것.

매번 찾아오는 계절이라지만 그때의 공기, 온도, 바람, 빛깔 그 어떤 것도 같을 수가 없는데 눈앞의 아름다움을 누리지 못하고 아쉽게 떠나보내야 했다. 스스로 찾아간 그곳에서 그 순간의 행복을 스스로 걷어찼다고 해야 할까. 그래서 한 번씩 '지금 여기'를 놓치고 있을 때면 그때 기억이 떠오르며 내게 묻곤 한다.

'지금 이 일이 10년 뒤에도 영향을 줄 만큼 심각한 일이니?'

그 질문 하나면 금세 대답이 나온다. 대부분의 일은 전혀 생각도 나지 않을 만큼 사소한 일일 뿐이라고. 그게 뭐라고 괴로워했나 싶을 만큼 어처구니가 없을지도. 부디 아무것도 아닌 일 때문에 이 예쁜 계절을 놓치고 있지 않길 바라는 마음이다. 그대여, 이 가을 잘 즐기고 계신가요?

질문 하나에 고민이 눈 녹듯이 사라집니다.
눈앞의 아름다움을, 지금 이 순간의 행복을 놓치지 마세요.

앞으로 무엇이든 물어보살~

길을 나서는 이유

낮선 이의 친절, 따뜻한 배려를 받았던 순간을
떠올려 보세요. 언제였나요?
그리고 그때의 기분을 느껴보세요.

여행을 떠날 때면 그곳의 멋진 풍경이, 아름다운 장소가 내 마음을 사로잡곤 한다. 하지만 때로는 사람으로 그 여행을 추억할 때가 있다. 이번 여행이 내게 그랬다.

　여행의 목적지는 집에서 한 시간 반 정도 떨어진 경상남도 함안. 그곳에 가고자 했던 이유가 딱히 있었던 건 아니다. 어디에선가 '11월 걷기 좋은 곳, 함안'이라는 짧은 광고를 보고 어떠한 사전 정보도 없이 무작정 출발한 것이다.

　해가 질 무렵에 길을 나서서 도착하니 이미 어둠이 짙게 깔린 뒤였다. 제법 어둑해진 시간이라 숙소에 짐을 풀고 가볍게 주변을 돌아보기로 했다. 함안은 생각보다 작은 시골 마을이었다. 높고 커다란 고층 아파트와 빌딩 숲 사이에 있다가 눈앞에 펼쳐진 낮은 건물과 상가들, 전통 시장을 발견하니 매우 정겹게 느껴졌다. 읍내에는 작은 가게들이 옹기종기 모여 있었는데 눈에 들어오는 재미있는 간판들이 많았다. '깍꼬뽁꼬' 미용실, '낮보단 밤에 더 보고 싶어'라는 센스만점의 호프집, 도시에서는 도저히 볼 수 없는 가격인 '3인분 9,900원 부대찌개 집'까지⋯. 잠깐 걸어 다니는 동안에도 나를 즐겁게 하는 눈요깃거리에 고갯짓이 바빴다. 그렇게 흥미롭게 주변을 둘러보다가 나를 사로잡은 곳은 바로 김이 펄펄 나는 만두가게. 커다란 찜솥에서 하얀 연기를 뿜어내며 맛있게 익고 있는 만두를 보고서 그냥 지나칠 수 없었다. 배가 고프던 참에 쌀쌀한 날씨까지 한몫하니 얼마나 먹음직스러워 보이던지! 오늘 저녁 메뉴는 고민 없이 이것으로 해야겠다 싶었다.

"새우만두랑 고기만두 주세요."

"네, 바로 해 드릴게요."

주문을 넣고 기다리는데 사장님이 내게 말을 걸었다.

"우리 집 술빵도 맛있어요. 드셔 보실래요?"

"괜찮아요. 만두만 먹어도 배부를 것 같아요."

"술빵이 완전 촉촉하고 케이크 같아요. 엄청 부드럽다니까요. 진짜 맛있어요!!"

나는 다시 고개를 절레절레 흔들며 한사코 거절했다. 사실, 속으로는 '만두를 두 팩이나 샀으면 됐지 왜 이렇게 강요하시는 거지?' 하고 조금은 불편한 마음이 들었고, 얼른 자리를 뜨고 싶다는 생각만 가득했다. 포장을 마치고 만두를 건네받는데 사장님께서 다시 말씀을 이어나갔다.

"이거 아침에 정성스럽게 만든 거예요. 혼자 오셨죠? 다니다 보면 출출할 테니 챙겨주고 싶었어요. 정말 맛있으니까 한번 드셔 보세요."

'앗, 그냥 주시려는 거였구나! 그런 줄도 모르고 강매하는 줄 착

각이나 하다니….'

내가 외지인인 줄 아셨나 보다. 낯선 이에게 베푼 따뜻한 시골 인심이었는데 미처 그 마음을 헤아리지 못했다. 홍당무가 된 내 얼굴은 다행히 마스크로 숨길 수 있었으나 쥐구멍에라도 숨고 싶은 심정이었다. 죄송하고 감사한 마음에 몇 번이나 고개 숙여 인사를 전했다.

한낱 여행객에 대한 깊은 배려에 돌아오는 길 내내 가슴이 뭉클했다. 지금 이 순간의 여운이 쉬이 사라지지 않도록, 구름이 달을 가릴 때까지 느릿하게 걸음을 옮겼다. 덕분에 낯선 여행지에서의 첫날을 포근하게 마무리할 수 있었다. 따스한 정을 느끼게 해준 함안에서의 남은 여정은 말해 뭐 할까. 날씨마저도 완벽했던 행복한 가을 여행을 내게 선물해주었고, 다시 오고 싶은 고마운 곳으로 내 안에 아로새겨져 있다.

수많은 여행을 하다 보면 자주 마주하게 된다. 처음 가 본 낯선 곳에서 처음 보는 이들이 베푸는 선한 마음들을. 그럴 때면 항상 느낄 수 있다. 아는 이 하나 없는 낯선 곳에서조차 나를 챙겨주고 도와주는 이들이 함께한다는 것을. 때로는 덩그러니 혼자 남겨진 듯한 헛헛했던 마음에 세상이 건네는 따뜻한 위로인 걸까. 너는 혼자가 아니라고, 결코 홀로 외로이 살아가는 존재가 아니라고 말이다.

여행이 설레는 이유는 익숙한 일상을 벗어나 낯섦과 조우하는 것, 호기심 가득한 새로운 세상과의 연결 때문일 것이다. 하지만 내게는 생각지 못한 거리 위의 친절, 길 위에서 만나는 배려, 정다운 사람 냄새를 느낄 수 있어서 더욱 그렇다. 그래서 언제나 여행이 기대되고 기다려진다. 소중한 이들을 만나 인생이란 페이지에 따스한 봄볕 같은 날들이 채워지고 내 삶을 아름답게 물들여 주니까. 내가 받은 것처럼 나도 다른 누군가에게 대가 없는 친절을 베풀 수 있게끔 예쁜 마음까지 심어주니 말이다.

복잡한 생각과 마음을 비우고자 떠난 길에서 사람에 대한 따뜻한 시선과 세상에 대한 애정을 채워서 돌아온다. 그래서 길을 나선다.

우리는 언제, 어디에서나
혼자가 아닙니다.
결코 홀로 외로이
살아가는 존재가 아닙니다.

타인을 위한 기도

내가 아닌, 타인을 위한 기도를 해본 적이 있습니까?
나는 얼마나 타인을 위해 기도를 하고 있나요?

"영혼의 순례길이라는 영화입니다. 감상해 보세요."

5년 전, 외부 출입을 제한하고 100일간 절에서만 지내던 나에게 스님께서 한 편의 영화를 소개해 주셨다. 늘 기도와 수행, 경전 읽기만을 반복하다가 영화를 본다고 하니 가물었던 땅에 촉촉한 단비가 찾아온 듯 들뜨고 신이 났다. 어떤 장르의 어떠한 스토리인가가 중요하다기보다는 기도와 수행이 아닌 잠시나마 편하게 영화를 볼 수 있다는 것 자체가 마냥 좋았다고나 할까. 어느 누가 절 안에서의 영화 감상을 상상이나 하겠는가. 그저 기쁜 마음으로 화면 속에 빠져들 수밖에 없었다.

영화는 티베트의 작은 마을 사람들로부터 시작되었다. 그들에게는 꿈이 있었다. '신들의 땅'이라 불리는 성지 라싸와 성산 카일라스 산으로 순례를 떠나는 것이다. 그런 꿈을 꾸던 11명의 마을 사람들이 총 2,500km를 순례길을 떠난 그 1년간의 여정을 담은 다큐멘터리다.

어린아이에서부터 임신부, 70대 어르신까지 그냥 걷기도 힘든 그 길을 '3보1배' 절을 하며 걷는 모습만 보아도 숙연하고 경건해진다. 널빤지를 손에 끼고서 맨바닥에 미끄러지듯 온몸을 던진다. 이마는 바닥에 쓸려 상처를 입더라도 육체적 고통 따위는 그들에게 아무런 문제가 되지 않는다. 눈보라가 몰아치고, 뜨거운 햇빛이 내리쬐는 더위에도 걸음을 멈추지 않는다. 그곳에 닿기 위한 그들의 정성 가득한 걸음 하나에 간절하고 진실한 마음이 고스란히 전해진다.

평범한 이들이 보여주는 결코 평범하지 않은 모습들을 카메라에 잘 담아내어 관객들에게 큰 울림을 전달한다.

이들은 길에서 벌레를 만나면 잠시 멈춰서 그것이 지나가길 기다려준다. 순례 도중 아기를 출산하게 된 산모는 조리원은커녕 몸을 풀기 위해 쉬었다 가는 것조차 없다. 이내 몸을 추스른 후 다시금 순례길에 오른다. 한편, 다른 차로 인해 자신들의 짐을 실은 차가 전복되는 교통사고가 일어나게 되는데 사고를 낸 차량이 환자를 태운 차임을 알고 서둘러 보낸다. 어떠한 항의나 보상 요구도 없이. 순례길을 함께 나선 노인이 목적지에 다다르지 못한 채 죽음을 맞이한 후에도 슬퍼하기보다는 축복하는 마음으로 그를 떠나보낸다.

'육체적 고통 앞에서도, 심지어 사고와 죽음 앞에서도 어떻게 이토록 무던하게 현실을 받아들일 수 있을까?'

우리는 병이 생기거나 사고가 나거나 죽음을 맞이하게 되면 큰 슬픔에 빠져 비통해한다. 크게 절망하며 일어나는 상황에 일희일비한다. 그런데 이들은 삶 속에 일어나는 모든 변수들을 자연스럽게 받아들였다. 누군가를 원망하거나 상황을 탓하는 것이 없다. 억울해하거나 성내는 법도 없다. 삶의 모든 것들을 긍정적으로 해석하고 자연스럽게 받아들이는 모습이 가슴속에 뜨거운 전율을 일게 한다.

진정한 종교인의 모습이란 바로 이런 것이 아닐까. 예상치 못한 생로병사 앞에서 주어진 현실을 겸허히 수용하는 것, 괴로움에 고통받고 허덕이는 것이 아니라 무엇에도 걸림 없이 지금의 순간들을 받아들이는 것.

그들이야말로 부처님께서 이 땅의 중생들에게 전하고픈 가르침을 그대로 실천하고 있었다. 그들은 결코 개인의 성공과 구원, 소망을 성취하기 위해 종교를 믿고 의지하는 것이 아니다. 개인이 아닌 이 세상 모든 생명체의 행복을 기원할 뿐이다.

그들은 말한다. 순례는 타인을 위한 기도의 길이라고.

그들이 지나간 자리에는 짙은 발자국이 남았다. 나와 함께 살아가는 모든 생명을 축복하는 마음, 순수한 사랑이라는 보이지 않는 발자국이.

◆　◆　◆

나와 세상은 둘이 아닙니다.
이 세상을 함께 살아가는 우리 모두가 행복하기 위해
타인에 대한 소중한 마음을 내어주세요.

숙성되고 있습니다

매일 하기로 계획했는데
하지 못하고 있는 것이 있나요?

매일매일 잘 되지 않는다. 내가 계획을 세우고 의지를 낸다 해도 마음대로 잘 흘러가지 않을 때가 있다. 그럴 때 '내가 그렇지 뭐.' '어휴, 또 망했네.' 하고 실망하거나 좌절하고 자책해선 안 된다. 누구나 그러하니까. 세상에 매일 성공하는 사람은 없다. 그러한 과정 자체가 곧 배움이라는 사실을 알아야 한다.

　나도 그러한 경험을 밥 먹듯이 한다. 좋은 글을 쓰고 싶어서 책상에 앉았는데 도저히 글이 나오지 않을 때가 많다. 단 한 줄의 문장도 좀처럼 시작하기 어려운 날. 반면에 전하고 싶은 말은 많으나 여러 생각들이 뒤엉켜 제대로 정리되지 않는 날. 그러한 날에는 내 의지와는 달리 일필휘지하지 못하는 나 자신에게 우울감이 찾아오기도 했다. 그런데 그러한 날조차 망친 날이 아니었다. 실패한 날이 아니란 걸 알았다. 그것도 내게 꼭 필요한 시간이었다. 보이지 않게 내 안에서 숙성되고 있는 시간이었던 것이다.

　답답하리만큼 생각대로 잘 풀리지 않는 날이 허다하지만 다음날엔 언제 그랬냐는 듯이 영감을 얻어 스르륵 글을 써 내려간다. 눈앞의 작은 물체, 그날의 사건, 내가 만난 사람들로 인해 갑자기 문장이 흘러나올 때가 있다. 그동안 막혀 있던 문장들이 봇물 터지듯 쏟아져 나올 때가 있다. 내가 쓴다기보다 나를 통해 저절로 써지는 느낌이랄까.

그래서 먼저 책상에 앉는 것이 중요하다. 마음처럼 진도가 잘 나가지 않더라도 버린 시간이 아니었음을 알아간다. 치열한 고민과 성찰의 과정 속에서 오늘도 끊임없이 성장하고 있음을 깨닫는다. 그래서 삶이 곧 수행이란 말에 고개를 끄덕이게 된다.

아마, 앞으로도, 수시로 그러한 순간들을 맞이하겠지. 무언가를 매일 하기로 했다가 지키지 못하는 경험을 반복할 것이다. 하지만 그러할 때, 매일 하지 못한 것에 방점을 두어선 안 된다. 일주일에 3일만 실행했다면 4번 실행하지 못한 것에 자책하는 것이 아니라 3번 성공한 것에 초점을 두면 어떨까. 아예 시작도 하지 않았을 때를 생각하면 3번이나 한 거니까. 그리고 지키지 못했더라도 다시 시도하고 시도하는 것이다. 그렇게 시간을 보내다 보면 일주일 중에 4번 성공하는 날을 맞이하게 되고 그것이 일주일 중에 5번으로 늘어나는 날이 온다. 반복과 훈련을 통해 조금씩 더 많이 성공한 날을 마주하게 된다. 넘어지고 또 넘어져도 그럼에도 불구하고 놓치지 않는 것. 그것이 가장 중요하다. 그렇게 결국 해내는 법이다.

오늘 해내지 못했어도 버린 시간이 아닙니다.
내 안에서 숙성되고 있느라 시간이 필요할 뿐이에요.
그 시간을 기다려 주세요.

여러분 포기하지 마세요~

내가 못나서가 아닙니다

지금 나는 어디에 관심을 집중하고 있나요?

....

....

....

....

"나는 왜 이렇게 못났을까? 제대로 해내는 법이 없어!"

분명히 시간이 부족해서도 아니고 방법을 몰라서도 아니다.

그런데 내가 세운 계획을 지키지 못해서, 목표는 세워놓고 해내지 못하는 나 자신에게 자괴감이 든다. 이런 나에게 자꾸 실망하게 되고, 그런 내가 싫어지고, 남들은 잘 해내는데 그러지 못하는 나를 보며 그들보다 부족한 사람이라는 결론에 이르게 된다.

그렇게 한참을 괴로워하다 계속 이렇게만 보낼 수 없다고, 여기서 벗어나고 싶다는 내면의 외침을 듣고서 친구는 깊은 한숨과 함께 고민을 털어놓았다. 더 이상 외면할 수 없는데 바뀌는 게 쉽지만은 않다고….

"그럴 때 많이 답답하지. 나도 그럴 때가 많아. 혹시 하루를 어떻게 보내는지 시간마다 기록해 보면 어때? 일주일 동안 기록한 것을 내게 보여줄 수 있어?"

사실 나도 똑같이 경험한 적이 있다. 하려고 했던 것들은 자꾸만 미뤄지고 늦어지기만 할 때 내 24시간을 돌이켜보며 관심사를 체크해 보았더니 크게 도움이 되었다. 친구에게도 실질적인 도움을 주고 싶어 그녀의 시간 활용에 대해 구체적으로 알고 싶었다. 자신을 바꾸고 싶은 마음에 애가 닳았던 것인지 친구는 그러겠다고 했고 일주일 동안 꼼꼼하게 작성한 후 나에게 보여주었다.

"보니까 바로 알겠지? 네가 못나서가 아니야!"

친구가 왜 자꾸만 계획을 지키지 못하는지, 행동이 따르지 않는 건지 들여다보았더니 현재 그녀의 관심이 흩어져 있기 때문이란 걸 발견했다. 나의 목표가 우선이 되어야 하는데 다른 것들에 더 관심이 많아서였다.

"세상에! 재미있는 신작 영화와 정주행하게 만드는 드라마가 왜 이렇게 많은 거니! 또 요즘 돌아가는 세상이 얼마나 다이나믹한지 정치, 사회 뉴스에 과몰입되어 그것만 보고 있으니 계획과 목표에 멀어질 수밖에….'

시간과 에너지는 한정되어 있는데 다른 것에 시간을 빼앗겨 버리고 내 에너지를 그쪽으로 쏟아붓고 있으니 내가 부족해서도 아니고 내가 못나서도 아니다. 순전히 나의 관심도에서 밀려난 것일 뿐이다. 이제라도 알았으니 꼭 이루고 싶은 목표가 있다면 다시 그것으로 시선을 돌리기만 하면 된다. 다시 그것에만 집중하면 된다.

애초에 세운 계획보다 시간이 많이 흘렀더라도, 이제까지 많은 시간을 낭비했다는 생각이 들더라도 다 지나간 일일 뿐이다. 언제나 지금, 새로 시작할 기회가 우리에게 주어진다. 지금 내가 무엇을 할 것인지에 대한 선택의 자유가 있다. 그래서 지금부터 다시 시작하면 된다.

처음부터 그것을 이루기까지의 긴긴 시간들을 생각하면 버겁게 느껴질 수 있다. 시작하기도 전에 진이 빠질 수 있다. 그러니 먼 미래까지 생각하지 말고 오늘 하루만, 지금 이 순간만 생각하면 된다. 지금 내가 할 수 있는 일, 지금 해야 할 일, 지금 하고 싶은 일 그것만 생각하고 오로지 이것에만 집중하는 것이다. 지금 이 시간에 하고자 하는 것을 잘 해내고 그래서 오늘 하루를 잘 보내면 차곡차곡 그 하루가 모여 결국에는 계획을 진행시키고 목표를 이룰 수 있다. 아무것도 하지 않은 지나간 과거를 떠올리지 말고 한참이나 멀게 느껴지는 먼 미래를 생각하지 말고 오로지 지금 이 시간을 사용하는 것, 오늘 하루에만 집중하는 것이다.

그러면 목적지에 다다르는 그날을 맞이할 수 있다. 멈추지만 않으면.

◆　◆　◆

목표와 계획을 세워놓고 해내지 못했더라도
내가 못나서, 부족해서가 아닙니다.
단지 내 관심이 다른 곳에 있을 뿐입니다.

행복을 잊은 그대에게

일상 속에서 소란스럽지 않고 은근하게, 결코 가볍지 않은
행복들을 나에게 가져다주는 것은 무엇인가요?
그때가 언제인가요?

12월이 시작됨과 동시에 느닷없이 한파가 우리를 급습했다. 하루 만에 15도 이상의 기온이 뚝 떨어지더니 영하의 강추위가 몸과 마음을 꽤나 놀라게 했다. 칼바람과 함께 스산한 마음이 찾아오기 쉬운 이때 지인으로부터 한 통의 전화가 걸려왔다.

"출근길 운전을 하고 가던 중에 갑자기 눈에서 눈물이 막 쏟아지는 거예요. 내가 지금 뭐 하는 거지? 하는 의문도 생기고…. 딱히 문제가 있는 것도 아닌데 행복을 잃어버린 것 같아요."

자기 분야에서 유능하다는 평가를 받으며 열정적으로 살아가는 그녀였다. 그런 그녀의 입에서 그런 말이 나온 건 뜻밖이었다. 그러나 얼마 지나지 않아 이것이 의외로운 일이 아니라는 것을 알았다. '자존감 교실'이란 프로그램을 진행하면서 이러한 심정을 털어놓는 이들을 꽤 많이 만났으니까. 치열했던 20~30대를 보내다가 불현듯 알아차린 이 감정에 많은 이들이 매우 놀라기도 하고 몹시 혼란스러워했다.

삶의 격랑 속에 시련이 찾아든 것도 아닌데 그게 무슨 배부른 소리인가 싶겠지만 문제가 없는 데도 마음이 행복하지 않다는 것 역시 결코 가볍게 볼 문제가 아니다. 문제가 있어서 해결책이 보이면

차근차근 풀어나가면 되겠지만 문제가 없으니 풀어야 할 답도 없는 것처럼 뿌연 안갯속에 가려진 기분이 들 땐 그것만큼 답답한 것이 없다. 삶의 기쁨을 느끼지 못한 채 자꾸만 헛헛하고 공허하기만 한 심정의 표현일 테니.

그녀의 이야기를 들으며 행복에 대해 다시 한번 사유하게 되었다.

'행복이란 게 뭘까?
내가 원하는 것이 다 이루어진다면 궁극의 행복에 다다를까?
그것에 이를지라도 그 행복이 지속될 수 있을까?'

사람마다 행복에 대한 정의가 다르고 자신이 추구하고 지향하는 이상이 다르다. 내가 원하는 바를 모두 갖추었을 때 최고의 행복이 기다리고 있으리라 기대하지만 사실은 그렇지가 않다. 오랫동안 소망하고 원하던 일이 이루어졌을 때를 떠올려 보라. 그 당시엔 한없이 기쁘고 큰 행복감이 밀려온다. 하지만 그것은 잠시일 뿐, 길어봐야 며칠 몇 달에 그치고 시간이 지나면 사라지지 않던가. 그렇게 외부에서 얻어진 행복은 그리 오래가지 못했다.

하물며 삶을 살면서 내게 팡파르가 울려 퍼지는 멋진 일이 1년에 고작 몇 번이나 될까. 365일 중 360일 이상의 평범한 날들을 보낼 것이다. 그래서 100년 가까운 인생을 살아가는 동안 그러한 극적인 몇몇 순간을 기다리기보다는 지금 당장 행복이란 감정을 느끼며 사는 것이 훨씬 중요하다는 것을 깨달았다. 그러기 위해서는 다음의 세 가지 마음 습관이 필수적이라는 것도.

> 평범한 일상에서의 기쁨을 찾는 것,
> 감사한 일에 크게 기뻐하는 것,
> 사소한 것에 깊이 감동하는 것.

나는 매일 아침 길을 나설 때 고개를 들어 하늘을 마주한다. 나의 하루를 응원해주는 듯한 파란 하늘과 산뜻한 인사를 나누며 오늘의 희망을 채운다. 창가에 드리운 햇살을 발견할 때 그 아름다운 반짝임에 나도 같이 환한 미소를 짓는다. 점심시간 짬을 내어 상쾌한 바람과 함께 산책할 때에도 즐거운 마음이 샘솟는다. 하루를 마무리하기 전, 몸과 마음을 이완시켜 주는 향을 담은 양초를 가만히 들여다보며 마음을 고요히 할 땐 내면에서 따스한 행복이 차올랐다. 이처럼 소란스럽지 않고 은근하게, 그렇지만 결코 가볍지 않은 순간들을 놓치지 않을 수 있다면 하루에 몇 번씩, 꽤나 많은 시간 동안 행복감에 젖을 수 있다.

행복이란 것이 특별히 무엇을 해야만 얻을 수 있고 누릴 수 있는 거창하고 화려한, 강력하고 들뜬 감정의 어느 순간이 아니라 지금 이대로, 내 안의 평온을 즐길 수 있을 때 은은하고 그윽한 행복이 언제나 나를 감싸고 있다. 굳이 무언가를 성취하고 성공이라는 목표를 앞세워 정신없이 달리고 있을 때보다, 어떠한 것을 갈구하고 욕망하며 그것을 채우기 위해 노력하지 않아도 행복은 지금 이 순간 내 눈앞에 있다.

행복이 없는 것이 아니다. 잃어버린 것도 아니다. 단지 내게 주어진 행복들을 내가 잠시 잊은 것뿐. 그러니 이미 주어진 행복의 순간들을 얼마나 느끼며 살고 있는지 살펴보는 건 어떨까. 그동안 그토록 찾기 어려웠던 건 행복을 쟁취하고 도달해야 할 어려운 과제처럼 여긴 것은 아니었을까. 행복은 멀리 있는 것이 아니라 언제나 우리 곁에 있는데, 이미 여기 있는데.

행복하자!
그건 마법의 주문~

행복은 이미 내게 주어져 있습니다.
노력하고 쟁취하고 도달해야 할
숙제가 아닙니다.

마지막이 될 그리고 새롭게 채워갈
당신의 페이지

나의 한 해는 어떠했나요? 많이 감사하고
많이 행복했습니까?

....

....

....

....

어느덧 달력의 마지막 페이지를 남겨둔 날이 찾아왔다. 숫자 1로 시작되는 새날을 맞이한 게 엊그제 같은데 어느 틈에 12란 숫자가 우리 곁에 성큼 다가왔다는 사실이 실감나지 않는다. 잔잔한 일상 속에 불쑥 끼어든 불청객처럼 유난히도 길게 느껴지던 고된 하루들도 군데군데 자리했음이 분명한데 지금에 와서는 그마저도 어렴풋한 기억으로만 남아있을 뿐이다.

　12월이 되면 '또 이렇게 한 해를 보내는구나' 하는 아쉬움과 함께 묘한 감정들이 교차하면서 괜스레 숙연해진다. 언제쯤이면 묵은해와 쿨하게 작별할 수 있을까. 지난 1년을 붙잡고 싶은 미련 때문인지 그것을 떠나보내기 위한 나만의 의식인 건지 다시 한번 달력의 첫 페이지로 돌아가 한 장 한 장 눈길을 보내며 찬찬히 페이지를 넘겼다. 달력에 표시해 놓은 일정들을 돌아보니 자연스럽게 책 사이에 꽂아둔 다이어리에 손이 갔다. 이맘때면 한 해를 결산하듯 지난 1년을 되짚어 보곤 했는데 오늘이 바로 그날이 되었다.

　다이어리에는 그때그때의 감상이나 짧은 단상이 적혀 있다. 거기에 덧붙여 오늘 감사한 일 3가지, 오늘 배운 것 3가지를 함께 적어 놓았는데 지난 1년간의 희로애락이 모두 담겨 있었다.

'아, 이 날 이런 일이 있었지.',

'맞아, 그것 때문에 많이 웃었어.',

'에구, 그 일 때문에 참 많이 속상했었지….'

잊어버리고 있었던 일들에 대한 기억이 하나둘씩 되살아나면서 피식하고 웃음이 새어 나오기도 하고 가슴이 몽글몽글 차오르기도 했다. 내가 어떤 생각을 하며 살았는지, 전반적으로 올 한 해의 내 마음 날씨가 어땠는지를 알 수 있는 정직한 마음 날씨 기록표나 다름없다. 밝고 맑은 마음으로 지낸 날들이 얼마나 되는지, 먹구름이 잔뜩 낀 어두운 날들이 얼마나 있었는지를 보며 내 마음 상태를 확인할 수 있었다. 하늘 날씨는 내 마음대로 할 수 없지만 내 마음 날씨만큼은 내가 얼마든지 조정할 수 있지 않은가. 언제나 맑음일 순 없겠지만 새해에는 내 마음자리가 좀 더 밝은 쪽을 향하도록 해야겠다고 다짐해본다.

그중에서 특히 내 가슴을 벅차게 했던 건 감사한 일에 대한 기록이었다. 아주 사소한 것에서부터 시작된 세 줄의 짧은 문장이 오늘을 살아가는 데 전적으로 큰 힘이 되어 주었다. 그리고 '올해도 감사한 일이 참 많았구나' 하는 것에 감사함과 안도감을 동시에 느낄 수 있었다고나 할까. 감사할 수 있어서 감사했고 마지막 페이지의 남은 날 동안 내가 받은 은혜에 조금이나마 보답해야겠다는 의지도 다지게 한다.

친구들에게도 올 한 해가 어떻게 기억되는지 물어보았다. 친구 A는 매일 새롭게 발견한 단어들을 모아 단어장을 만들게 되어 매우 뿌듯하다고 하면서 '또바기(언제나 한결같이 꼭 그렇게)', '다소니(사랑하는 사람)'와 같은 예쁘고 귀여운 우리말을 소개해주었다. 친구 B는 배를 잡고 웃었던 에피소드를 모아두었다고 했다. 때때로 삶이 무료해지거나 침체되는 기분일 때 그 노트를 찾아서 읽다 보면 한바탕 크게 소리 내어 웃게 된다고. 그러고 나면 아무 일도 없었다는 듯이 훌훌 털어버리고 다시 시작할 힘을 얻는다고 했다. 다들 그렇게 밋밋한 하루와 하루 사이를 연결하는 자기만의 멋진 노하우를 가지고 살아간다.

매일 계속되는 삶이 별거 없는 하루, 별일 없는 하루인 것 같아도 자세히 들여다보면 그 속에 많은 웃음과 희망이 가득 차 있다. 때로는 버거운 절망과 슬픔이 찾아오기도 하지만 그 또한 이겨내고 여기까지 오지 않았던가. 감당하기 어려울 것 같았던 바윗덩어리만 한 무게의 일도 지나고 보면 손 안의 조약돌만 한 일이 되어 있는 경우를 볼 때 비로소 내가 성장했음을 느낀다. 끝날 것 같지 않은 어두운 터널도 결국엔 끝이 있고 밝은 빛을 볼 수 있단 걸 매번 삶을 통해 체득한다.

마지막 페이지를 넘길 일도 얼마 남지 않았다. 마지막 칸이 채워지는 날 아쉬움이 덜하도록 남은 날들을 촘촘히 보내려 한다. 그사이에 많은 계획을 끼워 넣는 것이 아니라 더 많이 감사하고 더 많이 베풀면서 행복한 시간들로 채우면서 말이다.

내친김에 서점에 가서 새 달력을 사서 주변에 선물했다. 새해를 시작하기 전 자기만의 마지막 페이지를 잘 정리하길 바라는 마음에서, 그리고 새롭게 써 내려갈 열두 페이지를 설레는 마음으로 맞이하길 고대하며….

많은 계획을 세우고
많은 것을 성취했느냐보다
중요한 것은 감사하고 베풀며
행복하게 그 시간들을
채웠느냐입니다.

'나답게' 살아가는 한 해가 되길!

세운 목표와 계획이 있습니까? 그것은 나를 위한 것인가요?
아니면 사회나 타인이 원하는 것인가요?

어느덧 새해가 밝았다. 새해가 되면 어김없이 하는 일이 있다. 1월 1일 해돋이를 보며 새해 아침을 맞이하는 일 그리고 서점에 가서 책을 둘러보는 일. 솔직히 따지고 보면 연도가 바뀌고 1월에서 시작한다는 것일 뿐 여느 날과 다를 바 없이 매일 주어지는 새로운 하루인데 받아들이는 이의 마음은 그렇지가 않다. 새해 첫날 떠오르는 태양은 남다르게 느껴진다. 그날의 눈부신 빛이 좋은 기운을 가득 실어올 것만 같아서, 새 희망의 빛이 온 세상 곳곳에 비추어줄 것 같은 기대감이 든다고나 할까.

집 근처 동산에 올라 1월 1일의 태양을 기다렸다. 빼꼼히 고개를 내민 태양을 맞이하는 순간 가슴이 벅차오르고 일출의 장엄함에 깊은 감동이 몰려온다. 붉은 태양이 전 세계의 아픔을 걷어가길, 모두의 안전과 건강을 염원하며 그 감격적인 순간을 함께했다.

새해 아침을 기분 좋게 맞이하고서 오후에는 자주 가는 서점에 들렀다. 새해가 되었으니 많은 이들이 지식이나 마음의 양식을 쌓고 싶어 하는 마음에 한껏 부풀어 올랐으리라. 책을 가까이하고자 하는 열망이 높아져서인지 서점은 평소보다 많은 사람들로 붐비고 있었다.

그 가운데서 천천히 책을 살피던 중 내 귀를 쫑긋 세우게 만드는 말들이 여기저기서 들려왔다.

"트렌드를 따라가려면 공부할 게 너무 많아. 이거 언제 다 공부하지?"

"요즘 이게 대세라는데 관련 자격증이나 따야겠다. 혹시 알아? 스펙에 도움될지."

"신년 운세를 봤더니 재물운이 좋다고 저축보다는 투자를 하라네. 그래서 이번 참에 주식을 해 보려고."

몇 걸음 사이에 전해 들은 누군가의 말들 속에서 설렘이나 기대보다는 밀린 숙제를 해야 하는 듯한 부담감과 남의 옷을 입은 듯한 불편함이 느껴졌다. 서점을 나온 이후에도 뭔가 모를 씁쓸함이 한참 동안 내 뒤를 따라왔다.

새해가 되었으니 목표를 세우고 새로운 도전을 하는 것은 물론 좋은 일이다. 하지만 그것이 정작 자신이 원해서 정한 목표인지에 대해서는 의문이 들었다. 내게 필요한 것인지, 정말 내게 좋은 것인지도 모르면서 해야 할 것 같아서, 좋다고 하니까 결정된 세상과 타인에 의한 목표는 아닐는지….

그들의 말에는 빠진 게 있었다. 내가 세운 목표라고 하나 그 목표 속에 바로 '나 자신'이 빠져 있다. 나를 중심에 둔 목표가 아니라 타인이 정해주고 세상에 맞추어진 목표였다. 내 인생의 목표이자 계획에 정작 중요한 나는 어디에도 없다.

나를 빠뜨린 채 달려간 목표 끝엔 무엇이 있을까? '결과'에 초점을 맞춘 목표는 그것을 이루지 못했을 때 자책과 실망이 크게 남는다. 목표를 이루고자 치열하게 살았으나 그 끝엔 공허감과 허탈감을 마주하기 십상이다. 반면에 '나'를 향해 맞추어진 목표는 그것을 달성하지 못할지언정 그 과정 마디마디에 순수한 기쁨과 만족감이 스며 있다.

그래서 부디 목표의 과정 속에 내가 있었으면 한다. 나를 채찍질하고 들볶는 목표보다는 나에게 힘을 주고 북돋을 수 있는 목표이길 바란다. 세상이 필요하다고 해서 설정한 목표가 아닌 나 자신에게 의미 있고 중요한 목표 말이다. 어쩌면 좋은 스펙을 쌓고 부와 명예를 높이는 목표보다는 빵을 좋아하는 나에게 제빵 기술을 익힐 수 있는 쿠킹교실이, 목공예에 관심이 많은 내가 내 손으로 직접 만든 작은 찻상 완성하기라는 목표가 삶을 살아가는 데 있어 더 큰 행복과 보람을 가져다줄 테니까.

그 어떤 목표라도 좋다. 다만, 타인이 세워 놓은 기준을 좇아 바깥에서 구하기보다는 나 자신이 기준이 되었으면 한다. 나에게 가치 있는 것들이 소중한 목표가 되었으면 하는 바람이다. 내면의 소리에 귀 기울이며 다시 한번 내 목표를 점검해 보는 것은 어떨까?

새해를 맞이한 시점에 철저한 계획과 시간표보다 중요한 건 나에게 보내는 믿음과 나를 향한 응원이다. 더욱더 높이 올라가고 더 많은 성과를 내고 싶은 욕심보다는 내 삶의 무대에서 나답게 성취해가는 기쁨을 즐길 수 있는 그런 한 해가 되기를 바라며 그대를 진심으로 응원한다!

목표의 초점이
'나'에게 있는지 점검해 보세요.
결과, 성과와 상관없이
나에게 가치 있는 것들이
목표가 되었으면 합니다.

어딘가에서 나를 밝혀주는
등불이 있음을 잊지 말기를…

언제나 나의 행복을 위해 수많은 인연이 함께하고 있습니다.
모든 존재가 행복하기를 함께 마음속으로
빌어주는 건 어때요?

음력 1월 1일 설날을 맞이했다. 새로운 해를 맞이하며 첫날을 기리는 명절 덕분에 평소에는 자주 연락하지 못했던 이들과도 오랜만에 안부를 주고받는다. 제 삶을 살아가기에 여념이 없어서 소중한 인연들을 살뜰히 챙기지 못했다. 무소식이 희소식이라고 스스로 위안을 삼다가 이맘때가 되어서야 비로소 주변에 대한 관심을 챙기는 염치를 드러낸다. 그래서 설이 되면 대개 새로운 소식들과 함께 기쁘고 반가운 마음을 나누곤 했는데 이번 명절은 그렇지가 않았다.

설을 하루 앞두고 엄마 옆에서 열심히 명절 음식을 준비하고 있었다. '띵동' 하고 문자 메시지 알림음이 들려왔다. '누구의 안부 인사일까?' 하고 설레는 마음으로 핸드폰을 집어 들었는데 가슴이 철렁했다. 대학원 동문 선배님의 부고 문자였다. 사실 성함만 들어봤을 뿐 한 번도 뵌 적이 없는 분이지만 오랫동안 지병으로 고생하시다가 영면에 드셨다고 하니 마음이 먹먹했다. 가족이 함께 보내야 할 즐거운 명절에 사랑하는 이를 떠나보내는 가족들의 마음을 생각하니 기분이 많이 착잡했다. 음식을 준비하는 내내 무거운 마음이 가시지 않았다.

모든 준비를 마친 그날 저녁이었다. 엄마는 외가댁 식구들에게 안부 전화를 걸었다. 한 분 한 분과 웃으며 시작한 통화였는데 갑자기 말수가 줄고 낯빛이 어두워지셨다. 그런 엄마 얼굴을 보며 무언가 심상치 않음을 느꼈다. 전화를 끊고도 한동안 아무런 말씀이 없으시다가 천천히 입을 여셨다.

"어떡하니. 넷째 외숙모가 골수암이래⋯."

그 말을 듣는 순간 눈물이 핑 돌았다. 멀리 계셔서 자주 뵙지는 못했지만 나에게는 예쁜 추억을 남겨주신 분이다. 손재주가 좋았던 외숙모는 내가 어렸을 적에 직접 그린 여러 동물들의 그림을 코팅해서 선물로 주셨다. 호랑이, 판다, 곰, 여우, 토끼 등 십여 가지 귀여운 동물 친구들을 거실 벽에 붙여놓고 얼마나 좋아했는지 모른다. 그렇게 유년시절에 좋은 추억을 만들어 주셨고 아직까지도 나에게는 예쁘고 젊은 모습으로 기억되고 있는 외숙모에게 큰 병이 찾아왔다는 말을 듣고선 하염없이 눈물이 흘러내렸다.

거기서 끝이 아니었다. 늦은 밤, 친구 아버지가 뇌경색으로 병원에 입원하셨다는 소식까지 찾아왔다. 7년 전에도 뇌경색으로 한번 쓰러진 적이 있었던 친구의 아버지께서는 몸의 이상증세를 다행히 빨리 감지하셨다. 서둘러 구급차를 불러서 병원으로 향했고 집중치료실에 입원 중이라고 했다. 친구는 이 소식에 또 얼마나 놀랐을까. 갑작스러운 소식에 많이 겁나고 힘들었을 친구를 생각하니 가슴이 아려 왔다.

주변 사람들의 아픈 소식들을 한꺼번에 접하면서 나 역시도 유난히 힘든 하루였다. 이 와중에 내가 할 수 있는 건 단지 그들을 향한 진심 어린 기도뿐이었다. 일면식도 없는 선배님이지만 하늘에서는 아픔 없이 행복하시기를, 건강한 모습으로 완쾌되어서 외숙모가 편안하게 웃음 지을 수 있기를, 몸이 완전히 회복되셔서 친구의 아버지께서도 생활하는 데 어려움이 없으시길 간절히 기도드렸다.

하루 사이에 거대한 폭풍이 휘몰아치는 듯했다. 별안간 찾아온 큰 슬픔을 감당하기 버거웠지만 고요하게 그 슬픔과 함께 머물렀다. 한참 동안 슬픔과 마주하다 보니 어느새 감사한 마음도 슬며시 고개를 들었다.

나는 물론이거니와 나의 인연들이 무탈한 것만으로도 참으로 감사한 일이라는 것을 새삼 알게 되었다고나 할까. 소중한 인연들이 건강하고 행복하게 지내는 것 또한 나에게 주어진 커다란 기쁨이었음을, 내가 이렇게 건강하게 잘 지내고 있는 것이 나만의 일이 아니라는 것도.

그리고 내가 다른 이를 위해 진실한 마음으로 기도하는 것처럼 다른 누군가도 나를 위해 그러하지 않았을까. 내가 모르는 곳에서 나를 위해 정성껏 기도하고 나의 행복을 빌어주는 사람들이 분명 있었을 것이다. 그들로 인해 지금의 내가 있는 것인데 그에 대한 감사함을 얼마나 많이 놓치고 있었던 걸까….

우리에게 일어나는 모든 일들이 온전히 나만의 일이 아니라는 것을 배운다. 좋은 일도 나 혼자 잘나서 얻게 된 기쁨이 결코 아니다. 수많은 인연들의 도움과 지지 덕분인 것이다. 반면에 힘들고 괴로운 일도 절대 나 혼자 감수하고 이겨내야 할 어려움이 아니다. 든든하게 나를 받쳐주는 수많은 인연들이 지켜주고 있기에 무엇이라도 감당해낼 수 있는 힘이 우리에게 있는 것이다. 어딘가에서 나를 밝혀주는 수많은 등불이 있기에 다시 일어날 수 있다는 걸, 나에게 사랑과 응원을 보내는 이들이 있기에 결코 좌절하지 않고 꿋꿋이 잘 이겨낼 수 있다는 걸 잊지 않았으면 좋겠다.

세상 어딘가에서 나의 존재를 위해 마음 써 주는 이들이 있으니 그대여, 절대 희망을 잃지 말기를, 멀리서 그대의 축복을 기원하는 이들이 있으니 부디 행복하기를….

우리에게 일어나는 모든 일들이
온전히 나만의 일이 아닙니다.
내가 행복한 것도, 곤경에 처했을 때
이겨낼 수 있는 힘도
나를 둘러싼 모두의 사랑과
응원 덕분입니다.

사는 게 별거 아니네!

우리의 생각과 감정이 우리 삶에 주는 영향은 실로 강력하다. 내 '생각'에 의해 판단하고 '감정'의 영향을 받아 지금의 삶이 펼쳐졌다고 해도 과언이 아니다. 그런데 그것의 중요성을 인지하지 못한 채 무분별하게 내 생각과 감정을 방치하곤 한다. 정작 중요한 것은 제쳐두고 돈 버는 법, 트렌드를 따라가기 위한 얕은 지식이나 기술에 의존하느라 여념이 없다.

그러나 내가 원하는 자유로운 삶, 나다운 삶, 편안한 삶을 살아가기를 바란다면 '생각과 감정을 관리하고 돌보는 일'이 가장 중요하다. 그래서 '마음 관리'를 강조하게 된 것이다.

그런데 어떻게 마음을 다스리고 회복해야 할지 모르겠다는 사람들이 많았다. 마음 관리라는 것이 결코 어려운 것이 아니다. 그때그때의 내 생각과 감정을 솔직하게 대면하고 내 마음의 목소리에 귀

기울이는 것. 그것이면 된다. 아프다고 외면하고 바쁘다고 방관하는 것이 아니라 무엇보다 소중하게, 따스하게 내 감성을 보듬어 주고 인정해 주는 것이다.

내가 어떤 사람인지 알고부터 삶이 더욱 쉬워졌다. (오해는 금물! 나를 100% 알게 되었다는 말이 아니니까, 앞으로도 계속해서 알아가야 할 존재임이 틀림없다) 내가 좋아하는 것들에 주의를 기울이고 좋은 감정을 느끼는 것에 나를 데려다 놓았다. 그렇게 살아보니 삶이 달라지더라. 특별하고 거창한 일이라고 할 만한 무엇이 일어나지 않더라도 소소한 일상에서의 기쁨을 느끼면서 감사함이 가득한 삶을 살게 되었다. 덤으로 깜짝 놀랄 만한 삶의 선물까지 찾아오기도….

내가 무엇을 좋아하고, 어떤 생각을 하고 있으며 어떤 감정을 느끼는가에 대해 세심하게 들여다보면 나를 이해하게 되는 것은 물론 나에 대한 사랑으로 이어진다. 내가 나를 이해하고 사랑하면 내 삶을 이해하고 사랑하는 것으로 연결된다. 더불어 타인과 세상에 대한 포용과 사랑으로 이어지는 법이다.

지금껏 삶을 심각하게 받아들이지 않는 나의 마음 습관들을 솔직하게 풀어놓았다. 하지만 이것이 누구에게나 옳은 정답이 될 수는 없다. 단지 나의 이야기를 통해 공감 가는 부분에 대해서 독자가 취할 건 취하면서 자기만의 답을 찾아볼 수 있도록 질문거리를 던질 뿐이다.

읽기만 하고 바로 덮어버리는 책이 아니라 독자 스스로 자신의 마음을 살피는 시간, 자신의 생각과 감정을 돌아보고 이해하는 시간을 마련하고 싶었다.

그래서 한 번씩 걸려 넘어질 때마다 이 책을 펼쳐보며 '아 맞아. 나 이렇게 생각했지. 이렇게 이겨냈지. 이렇게 잘 흘려보냈구나.' 하고 나를 토닥이고 일으켜 세워줄 수 있는 책이 되길 바라는 마음이다.

자신의 생각과 감정을 관리할 수 있으면 무슨 일이 생기더라도 있는 그대로 바라볼 수 있는 힘을 가진다. 이미 일어난 일에 괴로워하며 과거에 머물지 않고 아직 다가오지 않은 미래를 미리 두려워하지 않는다. 눈앞에 일어난 현실을 그대로 수용하고 지금 이 순간을 살아간다.

그래서 행복이 찾아왔을 때 이것이 사라질까 하는 불안감이나 두려움 없이 충분히 즐길 줄 알고, 슬픔이 찾아왔을 때 '생각'으로 인한 괴로움을 더해 고통을 만들어내지 않고 고이 떠나보낼 줄 안다. 상황 따라 끌려다니는 삶이 아니라 그 상황에 지배되지 않고 오히려 상황을 이끌어가는 삶을 살아갈 수 있다.

삶의 고비들이 찾아왔을 때 숨 한번 깊게 내쉬고 고르면서 제대로 한번 알아차려 보라. 이 현실 자체가 고통인지, 내 생각이 고통을 만들어 낸 건 아닌지…. 차분히 돌아보면 그 일, 그 사람, 그 상황이 존재할 뿐임을 알게 될 테니.

언제나 오르락내리락하는 인생에서 애면글면, 아등바등, 안달복
달하지 않고 오고 가는 수많은 성공과 실패에도 초연하고 담담하게
살아낼 수 있다.

그러면 이렇게 말할 수 있는 날이 오지 않을까.

'삶이 이토록 가벼울 줄이야!'